U0645077

萧红诗歌戏剧选

有如青杏般的滋味

萧红 著

广陵书社

图书在版编目（ＣＩＰ）数据

有如青杏般的滋味 ： 萧红诗歌戏剧选 / 萧红著. --
扬州 ： 广陵书社，2020. 3（2022. 3 重印）
（回望萧红 / 陈武主编）
ISBN 978-7-5554-1349-3

Ⅰ. ①有… Ⅱ. ①萧… Ⅲ. ①诗集－中国－现代②剧
本－作品综合集－中国－现代 Ⅳ. ①I216. 2

中国版本图书馆CIP数据核字(2019)第280884号

书　　名	有如青杏般的滋味：萧红诗歌戏剧选	丛 书 名	回望萧红
著　者	萧　红	丛书主编	陈　武
责任编辑	郭玉同	特约编辑	罗路晗
出 版 人	曾学文	封面设计	琥珀视觉

出版发行　广陵书社
　　　　　扬州市四望亭路 2-4 号　　邮编：225001
　　　　　(0514)85228081(总编办)　85228088(发行部)
　　　　　http://www.yzglpub.com　E-mail:yzglss@163.com
印　　刷　三河市华东印刷有限公司

开　　本　880mm×1230mm　　1/32
字　　数　100 千字
印　　张　5
版　　次　2020 年 3 月第 1 版
印　　次　2022 年 3 月第 2 次印刷
书　　号　ISBN 978-7-5554-1349-3
定　　价　32.00 元

目　录

第一辑　诗　歌

可纪念的枫叶

红红的枫叶，

是谁送给我的！

都叫我不留意丢掉了。

若知这般别离滋味，

恨不早早地把它写上几句别离的诗。

可紀念的楓葉

紅々的楓葉，

是誰遺給我的！

都叫我不留意丢掉了。

若知這般別離滋味，

恨不早～地把它寫上幾句別離的詩。

10×20

偶然想起

去年的五月，

正是我在北平吃青杏的时节，

今年的五月，

我生活的痛苦，

真是有如青杏般地滋味！

偶然想起

去年的五月，
正是我在北平吃青杏的時節，
今年的五月，
我生活的痛苦，
真是有如青杏般地滋味！

静

晚来偏无事，

坐看天边红，

红照伊人处。

我思伊人心，

有如天边红。

栽　花

你美丽的栽花的姑娘，
弄得两手污泥不嫌脏吗；
任凭你怎样的栽，
也怕栽不出一株相思的树来。

公　园

树大人小，
秋心沁透人心了。

春　曲

一

那边清溪唱着，

这边树叶绿了，

姑娘啊！

春天到了。

二

我爱诗人又怕害了诗人，

因为诗人的心，

是那么美丽，

水一般地，

花一般地，

我只是舍不得摧残它，

但又怕别人摧残。

那么我何妨爱他。

三

你美好的处子诗人，

来坐在我的身边，

你的腰任意我怎样拥抱，

你的唇任意我怎样的吻，

你不敢来在我的身边吗？

诗人啊！

迟早你是逃避不了女人！

四

只有爱的踯躅美丽，

三郎，我并不是残忍，

只喜欢看你立起来又坐下，

坐下又立起，

这其间，

正有说不出的风月。

五

谁说不怕初恋的软力！

就是男性怎粗暴，

这一刻儿，

也会娇羞羞地，

为什么我要爱人！

只怕为这一点娇羞吧！

但久恋他就不娇羞了。

六

当他爱我的时候，

我没有一点力量，

连眼睛都张不开，

我问他这是为了什么？

他说：爱惯就好了，

啊！可珍贵的初恋之心。

幻　觉

昨夜梦里：

听说你对那个名字叫 Marlie 的女子，

也正有意。

是在一个妩媚的郊野里，

你一个人坐在草地上写诗，

猛一抬头，你看到了丛林那边，

女人的影子。

我不相信你是有意看她，

因为你的心，不是已经给了我吗？

疏薄的林丛，

透过来疏薄的歌声；

——弯弯的眉儿似柳叶；

红红的口唇似樱桃……

春哥儿呀！

你怕不喜欢在我的怀中睡着？

这时你站起来了！仔细听听。

把你的诗册丢在地上。

我的名字常常是写在你的诗册里。

我在你诗册里翻转；

诗册在草地上翻转；

但你的心！

却在那个女子的柳眉樱唇间翻转。

你站起来又坐定，那边的歌声又来了……！

——我的春哥儿呀！

我这里有一个酥胸，还有那……青春……

你再也耐不住这歌声了！

三步两步穿过林丛——

你穿过林丛，那个女子已不见影了……！

你又转身回来，拾起你的诗册，

你发出漠然的叹息！

听说这位 Marlie 姑娘生得很美，

又能歌舞——

能歌舞的女子谁能说不爱呢？

你心的深处那样被她打动！

我在林丛深处，

听你也唱着这样的歌曲：

——我的女郎！来，来在我身边坐地；

我有更美丽，更好听的曲子唱给你……

树条摇摇；

我心跳跳；

树条儿是因风而摇的，

我的心儿你却为着什么而狂跳。

我怕她坐在你身边吗？不，

我怕你唱给她什么歌曲么？也不。

只怕你曾经讲给我听的词句，再讲给她听，

她是听不懂的。

你的歌声还不休止！

我的眼泪流到嘴了！

又听你慢慢地说一声：

将来一定与她有相识的机会。

我是坐在一块大石头上的，

我的人儿怎不变作石头般的。

我不哭了！我替我的爱人幸福！

（天啦！你的爱人儿幸福过？言之酸心！）

因为你一定是绝顶聪明，谁都爱你；

那么请把你诗册我的名字涂抹，

倒不是我心嫉妒——

只怕那个女子晓得了要难过的。

我感谢你，

要能把你的诗册烧掉更好，

因为那上面写过你爱我的词句，

教我们那一点爱，

与时间空间共存吧！！！

同时我更希望你更买个新诗册子，

我替你把 Marlie 的名字装进去，

证明你的心是给她的。

但你莫要忘记：

你可再别教她的心，在你诗册里翻转哪！

那样会伤了她的心的！

因为她还是一个少女！

我正希望这个，把你的孤寂埋在她的青春里。

我的青春！今后情愿老死！

1932，7，30

八月天

八月天来了，

牵牛花都爬满栏杆了，

遮住了我的情人啊，

你为什么不走出来给我会见呢？

我知道你是个有用的青年，

你整天工作着，计划着，

现在日西斜了，

你为什么不走出来给我会见呢？

听说你的父亲是死在工厂里，

我的父亲也是死在工厂里，

我们两个不都是一样孤独么？

为什么不出来会见？

为什么不出来呢？

你以为我是魔鬼么？

你以为我是小姐么？

我不是谁家的小姐，

我穿着与你同样褴褛的衣裳。

我也和你一样忙碌，

我也和你一样计划着，

那么你为什么不出来呢？

怕爱情烧毁你的计划么？

我期待你依遍门栏，

依遍晚风，

你赶快出来吧，我的情人。

你的计划，就是我的计划，

我们共同相思着这个计划吧。

我走进屋来，为什么眼泪流呢？

落满了襟袖。

八月天过了，

为什么牵牛花永不落呢？

苦　杯

一

带着颜色的情诗，

一只一只是写给她的，

像三年前他写给我的一样。

也许人人都是一样！

也许情诗再过三年他又写给另外一个姑娘！

二

昨夜他又写了一只诗，

我也写了一只诗，

他是写给他新的情人的，

我是写给我悲哀的心的。

三

爱情的账目，

要到失恋的时候才算的，

算也总是不够本的。

四

已经不爱我了吧！

尚与我日日争吵，

我的心潮破碎了，

他分明知道，

他又在我浸着毒一般痛苦的心上，

时时踢打。

五

往日的爱人，

为我遮蔽暴风雨，

而今他变成暴风雨了，

让我怎样来抵抗？

敌人的攻击，

爱人的伤悼。

六

他又去公园了，

我说：

"我也去吧！"

"你去做什么？"他自己走了。

他给他新的情人的诗说：

"有谁不爱个鸟儿似的姑娘！"

"有谁忍拒绝少女红唇的苦！"

我不是少女，

我没有红唇，

我穿的是从厨房带来油污的衣裳。

为生活而流浪，

我更没有少女美的心肠。

他独自走了，

他独自去享受黄昏时公园里美丽的时光，

我在家里等待着，

等待明朝再去煮米熬汤。

七

我幼时有个暴虐的父亲，

他和我的父亲一样了！

父亲是我的敌人，

而他不是，

我又怎样来对待他呢？

他说他是我同一战线上的伙伴。

八

我没有家，

我连家乡都没有，

更失去朋友，

只有一个他，

而今他又对我取着这般态度。

九

泪到眼边流回去，

流着回去浸食我的心吧！

哭又有什么用！

他的心中既不放着我，

哭也是无足轻重。

十

近来时时想要哭了，

但没有一个适当的地方：

坐在床上哭，怕是他看到；

跑到厨房去哭，

怕是邻居看到；

在街头哭，

那些陌生的人更会哗笑。

人间对我都是无情了。

十一

说什么爱情！

说什么受难者共同走尽患难的路程！

都成了昨夜的梦，

昨夜的明灯。

菩薩頭光情詩,
「隻」隻是寫給誰的,
後之生前他寫給誰的一樣,
也許人人都是一樣.
也許情詩本是文寫給另外一個情
人!

昨在他又多了一隻詩,
我也寫了一隻詩,
他是寫給他影的情人的,
我是寫給我想念的心的.

花未睁眼樣拳笑了,
佗沒有一個適當的地方,
也不床上笑,她是他屑到了,
我對好幸福之笑,
佗是搖籃看到了
在衝採笑.
那些陌生的人未会會笑.
人们對我都是遇情了.

説付憐蜜情;
这付愛受唯名共同走參萬唯的路程!
那飽了昨根的事;
昨夜的明爐.

异　国

夜间：这窗外的树声，

听来好像家乡田野上抖动着的高粱，

但，这不是。

这是异国了，

踏踏的木屐声音有时潮水一般了。

日里：这青蓝的天空，

好像家乡六月里广茫的原野，

但，这不是，

这是异国了。

这异国的蝉鸣也好像更响了一些。

沙　粒

一

七月里长起来的野菜，
八月里开花了；
我伤感它们的命运，
我赞叹它们的勇敢。

二

我爱钟楼上的铜铃，
我也爱屋檐上的麻雀，

因为从孩童时代它们就是我的小歌手啊！

三

我的窗前结着两个蛛网，

蜘蛛晚餐的时候，

也正是我晚餐的时候。

四

世界那么广大！

而我却把自己的天地布置得这样狭小！

五

冬夜原来就是冷清的，

更不必再加上邻家的筝声了。

六

夜晚归来的时候，

踏着落叶而思想着远方。

头发结满水珠了，

原来是个小雨之夜。

七

从前是和孤独来斗争，

而现在是体验着这孤独，

一样的孤独，

两样的滋味。

八

本也想静静的生活，

本也想静静的工作，

但被寂寞燃烧得发狂的时候，

烟，吃吧！

酒，喝吧！

谁人没有心胸过于狭小的时候！

九

绿色的海洋，

蓝色的海洋，

我羡慕你的伟大，

我又怕你的惊险。

一〇

朋友和敌人我都一样的崇敬，

因为在我的灵魂上他们都画过条纹。

一一

今后将不再流泪了，

不是我心中没有悲哀，

而是这狂飙的人间迷惘了我了。

一二

和珍宝一样得来的友情，

一旦失掉了，

那刺痛就更甚于失掉了珍宝。

一三

我的胸中积满了沙石，

因此我所想望着的：

只是旷野、高天和飞鸟。

一四

蒙古的草原上，

和羊群一样做着夜梦，

那么我将是个牧羊的赤子了。

一五

偶然一开窗子，
看到了檐头的圆月。

一六

人在孤独的时候，
反而不愿意看到孤独的东西。

一七

生命为什么不挂着铃子？
不然丢了你，
怎能感到有所亡失？

一八

还没有走上沙漠，
就忍受着沙漠之渴，

那么，

既走上了沙漠，

又将怎样！

一九

月圆的时候，

可以看到；

月弯的时候，

也可以看到，

但人的灵魂的偏缺，

却永也看不到。

二〇

理想的白马骑不得，

梦中的爱人爱不得。

二一

东京落雪了，

好像看到了千里外的故乡。

二二

当野草在人的心上长起来时，
不必去铲锄，
也绝铲锄不了。

二三

想望得久了的东西，
反而不愿意得到。
怕的是得到那一刻的颤栗，
又怕得到后的空虚。

二四

可怜的冬朝，
无酒也无诗。

二五

失掉了爱的心板，

相同失掉了星子的天空。

二六

当悲哀，

反而忘记了悲哀，

那才是最悲哀的时候。

二七

此刻若问我什么最可怕？

我说：

泛溢了的情感最可怕。

二八

可厌的人群，

固然接近不得，

但可爱的人们又正在这可厌的人群之中；

若永远躲避着脏污，

则又永远得不到纯洁。

二九

海洋之大，

天地之广，

却恨各自的胸中狭小，

我将去了！

三〇

野犬的心情，

我不知道；

飞到异乡去的燕子的心情，

我不知道，

但自己的心情，

自己却知道。

三一

从异乡又奔向异乡，

这愿望多么渺茫，

而况送着我的是海上的波浪，

迎接着我的是异乡的风霜。

三二

只要那是真诚的，

哪怕就带着点罪恶，

我也接受了。

三三

我本一无所恋，

但又觉得到处皆有所恋，

这烦乱的情绪呀！

我咒诅着你，

好像咒诅着恶魔那么咒诅。

三四

什么最痛苦，

说不出的痛苦最痛苦。

三五

烦恼相同原野上的青草，

生遍我的全身了。

三六

走吧，

还是走。

若生了流水一般的命运，

为何又希求着安息！

三七

眼泪对于我，

从前是可耻的，

而现在是宝贵的。

拜　墓

跟着别人的脚迹，
我走进了墓地，
又跟着别人的脚迹，
来到了你墓边。

那天是个半阴的天气，
你死后我第一次来拜访你。

我就在你墓边竖了一株小小的花草，
但，并不是用以招吊你的亡灵，
只是说一声：久违。

我们踏着墓畔的小草，

听着附近的石匠钻刻着墓石，

或是碑文的声音。

那一刻，

胸中的肺叶跳跃起来，

我哭着你，

不是哭你，

而是哭着正义。

你的死，

总觉得是带走了正义，

虽然正义并不能被人带走。

我们走出墓门，

那送着我们的仍是铁钻击打着石头的声音，

我不敢去问那石匠，

将来他为着你将刻成怎样的碑文？

一粒土泥

别人对你不能知晓，
因为你是一棵亡在阵前的小草。

这消息传来的时候，
我们并不哭得嚎啕，
我们并不烦乱着终朝，
只是猜着你受难的日子，
在何时才得到一个这样的终了？

你的尸骨已经干败了！
我们的心上，
你还活活地走着跳着，

你的尸骨也许不存在了！

我们的心上，

你还活活地说着笑着。

苍天为什么这样地迢迢！

受难的兄弟：

你怎样终止了你最后的呼吸？

你没喝到朋友们端给你的一杯清水，

你没听到朋友们呼叫一声你的名字，

处理着你的，

完全是出于我们的敌人。

朋友们慌忙地相继而出走，

只把你一个人献给了我们的敌手，

也许临行的时候，

没留给你一言半语；

也许临行的时候，

把你来忘记！

而今你的尸骨是睡在山坡或是洼地？

要想吊你，

也无从吊起！

将来全世界的土地开满了花的时候，

那时候，

我们全要记起，

亡友剑啸，

就是这开花的一粒土泥。

第二辑　戏　剧

突　击（三幕剧）

第一幕

时　间：一九三八年的初春，在黄昏后。

地　点：太原的附近，在山坡上。

人　物：石头：三十多岁，忠厚淳朴的农民，背着大铁锅。

童先生：村公所的所长。四十多岁，忠实、顽固，带着一个包袱。

福生：十三四岁的男孩。活泼天真，带一把日本小刀。

田大爷：五十多岁，倔强、执拗，扛着扁担。

田双银：田大爷的孙女，十六岁，顽皮憨厚。

李二嫂：三十岁，拿着一件小孩的棉斗篷。

幕　开：一群疲倦零乱的人影出现在左边的山坡上，一会儿就走进山峡里去了。福生突然在对面的石坪上出现。

福　生：（大声呼喊）童先生！童先生！（没有回应，又招手）石头！石头！到这儿来呀！（仍无回应）

童先生：（疲倦地爬上石坪）你吵什么！你这小鬼！不要命啦？叫日本鬼子听见怎么办哪！

福　生：我没有喊，我招呼你呢！

　　　　（石头、李二嫂上）

石　头：去你妈的，滚蛋！

童先生：这里还好，就在这里歇下吧！……哎呀，好冷，福生，你到那边去捡点树枝来烧火。

　　　　（李二嫂疲倦地偎坐一旁，福生去弄火，石头拉过童先生的包袱往屁股底下一坐。）

童先生：哎，不能坐，不能坐，起来！

石　头：什么坐不得？

童先生：不成，不成，你知道里头有什么东西？

石　头：管他什么东西，这年头连命都不知道是谁的呢！

童先生：（抢过包袱，解开，慎重地，双手捧出灵牌，找地方安放，无可奈何地摇头，自言自语）唉，连祖宗的牌位都没有放处了。（又拿出一个小包）嗯，这个也没丢。

石　头：什么？

童先生：这是村公所的官印。

石　头：他妈的，全村子的家财人命都没有了，你还带着这破印干吗？

童先生：（又拿出户口册来翻阅着）高大东家的房子烧得片瓦不存了。（翻一页，手指停在一个名字上）他大年初一还给我拜年来着呢，这才几天就死得这么惨！……

（福生站在童先生背后看着，童先生正翻过一页，他立刻给翻回来。）

童先生：你翻什么？

福　生：李家豆腐房的那个小毛驴也完了。

石　头：你怎么知道的？

福　生：刚才我从破墙口钻出来的时候，李磨官正在倒豆腐渣呢。五个日本兵进去，问他要肉吃，他没有，他说有豆腐，他们还说，还说，不要，不要，后来又说要，"八个"，李磨官他就拿来八块豆腐。他们就踢他，李磨官就往后退，一下子跌

在小毛驴身上，小毛驴一抖蹶子，一蹶子没踢着
日本鬼子……

童先生：后来又怎么啦？

福　生：那小日本一枪就把小毛驴给打死了。……他们就
在灶里烧火，用刺刀来切肉，他们连毛也没煺
呀！……那李磨官抱着驴脑袋还哭呢，那驴的两
耳朵就不楞不楞的……

石　头：我说不出来，你非要我出来，我家的叫驴也不
知怎么样了。你看，现在就随便让人家胡作非
为了。

童先生：你不出来，还不是跟驴一样的下汤锅？

石　头：出来又怎样？跑到这儿荒山僻野的，吃什么，喝
什么？慢慢地还不是得回去干？

童先生：干当然也得有个干法。

石　头：什么干法，还不是他妈个打？今天不打明天也得
打呀！要等明天打，何不今天就打呢？

童先生：要打，你也得合计合计呀！孔明用兵还得看看天
时地利人和呢。

石　头：你总有你那篇大道理，可是什么也做不成。比方
说那回抓汉奸吧，依着我就使小刀子捅了，你还
要问，还要审还要具结，弄得五花八门，结果汉

奸还不是跑了！

童先生：我是为大家着想哪！我是为了公义，我也不是成心放了他呀！要是误杀了人命，是我来担不是哪……

石　头：你担不是，他妈的汉奸跑了，你又不担不是啦！

童先生：那你要把事情弄清楚一点，那是看守的疏忽啊。……

石　头：我不管你什么看守不看守的，当初我们把汉奸交给你的，我不管你交给谁，汉奸跑了就跟你要。汉奸该宰，你把汉奸弄跑了我们就宰了你做替身！

童先生：你真不讲理，怎么"跑了和尚抓秃子"呢？

石　头：你看，那汉奸跑了，他把日本人邀来了，弄得我们家破人亡，这都是你！都是你！

童先生：那是一回事，这又是一回事，一码管一码，你别胡搅蛮缠！

石　头：我胡搅蛮缠？谁胡搅蛮缠啦？不是他邀来的，是你邀来的？我告你去！是你通敌！你勾结敌人！

童先生：你告谁去？你上哪儿告去？

石　头：上哪儿告？……（举起拳头）认识吗？就上这儿告你！

李二嫂：（急躁的）吵哇，吵哇，一路就吵，怎么不叫日本鬼子打死呢？你们没日子好吵啦？

石　头：我没日子啦？我看是你！你男人死了，孩子死了，公公又死了，这回该轮到你啦！……孩子都死了，你还从日本人手里把孩子的斗篷抢下来当宝贝哩！呸！

李二嫂：我要是死倒好啦，可是又不死……死……

童先生：哎，你又跟她发火啦！

石　头：跟你也没完呢！你以为我就饶了你啦吗？

　　　　（福生玩弄斗篷，被李二嫂抢下。）

李二嫂：你不要动！

福　生：小鸦活着的时候，我抱都抱过的，连斗篷都不让我摸了，小气鬼！

童先生：（向福生）你到山上去看看田大爷来了没有，这半天还走不到……

福　生：（唱着跳走了）日本鬼儿，喝凉水儿，来到中国吃炮子儿。日本鬼儿，损到底儿，坐头车，翻了轨儿，坐轮船，沉了底儿……

童先生：（叫）福生！你要早点回来，别跑丢了呀。

福　生：知道啦！

童先生：这孩子这样小年纪就死了爹娘，连个亲人也没有……

石　头：（没好声没好气地）亲人，我们不是他亲人吗？

童先生：我们不过是一个村上住着，既不是他三叔，又不是他二大爷，我们不过是看他可怜……（沉默）我那一次看见他的刀子，我就痛心，妈妈让日本鬼子给欺负了，从敌人手里夺下来的刀子还天天拿着……

石　头：别唠叨，唠叨啦，霉气！

（童先生坐下来向灵牌呆看。）

石　头：（用石块刮锅底）妈的，你祖宗的坟都给日本鬼子刨了，你还把灵牌带出来，"活时不孝死了乱叫"，他妈的假惺惺！

李二嫂：石头！你少说两句好不好！

石　头：臭女人，也来说我！我说我的，碍你什么事？

童先生：（对李二嫂）哎，不要理他！"宁跟君子吵顿架，不跟小人说句话"。

石　头：我他妈是小人？我又不偷人摸人，到处背黑锅，我还是小人？我要是小人，天底下没有好人啦！

（刮锅底）

童先生：商量点大事吧，弄个破锅干什么？

石　头：干什么？不吃饭啦？

童先生：哎，我真昏了，怎么现成一袋子头号洋面没带出来呢？

石　　头：有十口袋，不带出来也是没用。

童先生：那怎么办呢？

石　　头：怎么办？想法子弄饭吃，怎么办？

童先生：锅能当饭吃？

　　　　　（石头站起来搬石块架锅，只听咕咚一声，福生哭上。）

童先生：怎么回事？你怎么啦？（孩子哭，不说）说呀！这孩子到底是怎么啦？你看见田大爷他们没有？

福　　生：我，我走到那边，看见树上有个……有个大鸟窝，我就拿棍儿捅，捅了半天够不着，我看那树是个歪脖树，我就爬上去啦，嗯嗯，我爬到老鸹窝边，就听见刮刮……一叫，翅膀一扑鲁，我一哆嗦，就掉下来啦！嗯……

石　　头：摔坏哪儿没有？你这坏蛋！

福　　生：（摸着屁股）屁股还痛呢！……

双银的声音：爷爷你来，他们在这儿呢！

童先生：别吵吵啦，听着！小点声！是他们来了吧？

双银的声音：爷爷你上这边来，那边不好走！

　　　　　（双银和田大爷爬上石坪。）

福　生：田大爷，我找你半天都没找着，怎么这么晚才来呀！

双　银：李二嫂，小鸦呢？我出来时看见你抱着他的。（李不答）唷！谁把他抢走了，把斗篷留下，这冷天的？

福　生：（低声）你别问啦，别问啦！

双　银：（低声）怎么啦？怎么啦？

（福生招手，双银过去，两人在一旁悄悄地说话。）

石　头：田大爷，你怎么什么也不带，光带着个扁担呢？

童先生：田大爷累了吧？到这边来坐。

石　头：田大爷，你怎么什么也不带，拿着扁担干吗？

田大爷：不，是我从家里出来，担了两件行李和双银的新做的棉袄，还有半口袋粮食……连饭勺子都带出来啦……

双　银：（突然的）哎呀！可惜了的小鸦，又精又灵的怎么死了呢？（摇着李的臂）李二嫂，李二嫂，小鸦不是都学话了吗？我还听见他说："妈妈，妈妈"……（李二嫂起来了，双银拿起衣服给她拭泪，福生溜走了。）

田大爷：（看看他们，接下去说）后来什么都跑丢了，就剩这一条扁担。

石　头：你什么都丢了，拿着这扁担什么用呢？

田大爷：辛苦了一辈子，就剩这条扁担了，还让它丢下吗？

童先生：老爷子，你的东西就是跑不丢，这样的山路你也担不动啊！

田大爷：担不动也得担哪！

童先生：你的儿子呢？没跑出来吗？

田大爷：那孩子……我不叫他回去，他偏要回去，他不放心地契，我一想，也对呀！我就说你去吧，我在外面给你望着，那时我们的房子已经烧起来了，我看太危险了，叫他不要去吧，他非要去，我拦也拦不住，看看他跑进去了，刚进去，那房子就塌下来了……

石　头：怎么啦？

田大爷：我想他一定没命了，可是他又跑出来，我打算招呼他，叫他快点，别的东西都不要了，拿出地契就够了，可是又听见啪啪两下，他就倒了，我还以为房梁砸下来了呢，待一会儿两个日本兵从我们院子走出来了，我再招呼他也不答应了……

石　头：你的儿子呢？

田大爷：唉，我就向前跑，反正儿子是死了，我也和他死在一道吧，我就往头里跑（我就往火里跳），哪知双银拉着我又哭又号的，我的心就软了下来，想着她这么小年纪，怎么活下去呢，就跟着她来了。我们就追你们，走过庄头的时候，在马家菜园子里看见朱老万的大儿子血淋淋地倒在地里，脖子给砍了一半，他直叫："田大爷你修修好吧，再给我一刀吧！"我一眼也不敢多看，心一狠就走过来了。

双　银：那时爷爷直着眼往前走，东西都忘记了，我就喊："爷爷！挑东西呀！"

田大爷：我就挑着东西跑，跑到壕沟沿上，就听见后面噼里啪啦一排枪，我们连爬带滚的往前跑。攀着一棵小榆树才爬上壕沟那边。又跑了五六里，双银就问我："爷爷，你的东西呢？"我一看，手里就剩了一根扁担了。（太阳渐渐落下去了，舞台呈一种阴郁沉重的气氛。）

李二嫂：唉！真惨哪！

双　银：哎，我们在路上看见的那那那个那个什么，那才惨哪！那个小孩子才有两三岁，扒得光溜溜的挂在树上，那小脚就一蹬一蹬的，我跑得老远回头看，他那红兜兜还直飘呢！

（李二嫂突然大哭，大家都呆了。童先生想去劝，几次欲言又止，老头子坐着，阴沉沉地烤火。双银拉拉李二嫂，李不理她，石头捡起一块石头，狂吼一声，把石头扔出去，声震山凹。静默，只能听见女人抽泣声，忽然听见狗叫声。）

童先生：哎呀！山底下有人来了！快把火熄了！（大家用脚踏火）

双　银：我们往哪儿逃呢？

石　头：往哪儿逃？来吧！帮我捡石头！（二人把石头堆起来）

童先生：恐怕是日本鬼子搜村子啊！这就是他们的猎狗，……别胡闹！

（大家向山前注视，不敢出气，双银招呼田大爷。）

童先生：不要动！（拿出手枪，石头举起石块，田大爷拿起扁担）有脚步声了，你听！越来越近了！

（福生先咯咯地笑，悄悄地出现在他们后面。）

童先生：谁？（大家掉过头来，发现是他，放下武器，双银过去抓他，石头仍抓着石块不放。）

双　银：你这野东西！你这小死鬼儿！你这没后脑勺的，你没皮没脸的，你还咯……的呢！……谁跟你笑！我打你！……你还笑什么？

福　生：（指石头）你看，你看，……他石头还没放下呢！

双　银：（也笑了）哈哈哈哈！……

石　头：（莫名其妙地看看双手，把石块放下，难为情地问福生）笑什么？还不快把火点上！怪冷的。（福生不动，噘嘴）叫你哪！听见没有？

福　生：你那么大个子怎么不自己点？我不会点。

石　头：你点不点？

双　银：这可怎么说的呢？他那么小要他点。嘁！"大懒支小懒，一支白瞪眼！"我来点！（瞪石头一眼，过去把木柴堆好）

石　头：你放下，让他点！

双　银：瞧你那凶样！活阎王似的！

　　　　（划火柴点火！福生不语，过来帮她弄火。）

　　　　（隐隐听见山风呼呼的响！大家围火坐下，石头坐在一边。）

童先生：石头过来，商量商量咱们以后怎么办。

石　头：你们说吧，我听着。

　　　　（福生用小刀刻树玩。）

田大爷：我们这老少三辈，要在平常不都是一家人一样？到现在弄得睡也没得睡，过了今天没有明天，唉，这是什么年头啊！

李二嫂：唉，这倒霉的年头，早死了也算了！

童先生：咱们算是都逃出火坑来了，总算是有缘分的，可是以后的日子怎么过还不知道。这个地方不过是离敌人稍稍远一点儿，我们坐下喘喘气之后，还得往前逃哪，或者……听说王家甸子都干起来……所以我们大家得商量商量，合计合计，想个万全之策，逃不是事，不逃也不行，所以哪……

田大爷：我们这一群老弱残兵，怎么着也得干一场，说什么也不能白饶了他。

童先生：哎，说的就是呢！我们合计就是想合计这件事情，日本鬼子占了我们多少地方，杀了我们多少人，这先不说他，就说田大爷一家子，死的死，散的散，剩下他这么大年纪，带着双银东奔西逃的。还有李二嫂的孩子，那么点小命也跟着遭劫。我们祖先三代留下的房产地业，平常我们省吃俭用，连一个小钱都不敢胡花，这回日本鬼子一来弄得连个草棍儿都没有了，这笔账你说怎么算法？

双　银：怎么算法，他杀死我们多少人，我们就杀死多少小日本，怎么算法！

李二嫂：一个抵一个？那太便宜他们了，我的孩子……他们，这群疯狗！生擒活捉地把我们的孩子抢去了！……一个连话也不会说的孩子，也招着他们了吗？我的孩子……他们为什么非弄死他不可呀！……这些没天良、没心肝的野兽！……

（福生用刀猛戳树干，接二连三的几下。）

田大爷：我——我活了五六十岁了，连一个蚂蚁都没弄死过，我弄死过一个蚂蚁吗？可是这回我要杀人了，我要杀人了！我非——

童先生：对！要杀！凭着我们的力量要跟他们算这笔账！

石　头：（爆发的）我们要活，要报仇！

大家一齐喊：我们要活，要报仇！

石　头：要杀！——

大　家：要杀！——（用脚踢锅，发出沉郁钝厚的声音）

（闭幕）

第二幕

地　点：郭村近边

时　间：夜月

人　物：与第一幕同

　　　　壮丁：王林、赵伍。

　　　　下弦月照着一棵古树，树杈上挂着一个古色斑驳的大钟，后侧有石牌一座，露出严峻的颜色。

开　始：童先生用五个制钱摇卦，口中念念有词。双银站
　　　　在他旁边呆看着，李二嫂在一头烧水，福生为她
　　　　劈木块，田大爷在远方抽烟，望着他们的动作，
　　　　石头靠在树干上，抱膝低首假寐。童先生摇完
　　　　卦，将制钱摆在地上，用手在地上划，并且翻动
　　　　卦本，参阅对照，灵牌仍然好好地摆在身旁。

童先生：（读卦词）……"目下如冬树，枯落未开花，看看
　　　　春色动，渐渐发萌芽。"

双　银：童先生，你噜苏半天，这一卦倒是好不好哇？

童先生： 好是好，不过……要走东方，东方是生门。（自
语）金木水火土……金克木，木克土，水生金，
唔……这么吗……（翻日历，风丝丝的吹，日历
震动作响。）

双　银：（急迫地摇他）倒是好卦坏卦呀？

童先生： 别急呀，这还得看日子呢？"成开皆大用，逼迫
不相当！"你等我查查看，初七，嗯，初八……
初九……

石　头：（打哈欠）什么初八初九的？

童先生： 用兵得看天数啊。从前出兵，钦天监还得观星
呢！这个兵书上都载着的。当初孔明用兵的时
候，不也是借东风祭北斗吗？要不然怎么回回打
胜仗呢？

石　头： 我看人家日本兵进攻我们，也没有看日子。

童先生： 你别不信，听说日本人身上还带着护身符呢？算
卦也有点道理，不能全信也不能不信，过去多少
英雄豪杰比我们聪明得多，人家也都信。要是没
有一点道理，谁还弄这些玩意儿干吗？

童先生： 还是田大爷上点儿岁数，比你多吃几斤咸盐，他
经验得多，他知道这个。这不能小看了它，国家
兴亡都是有个气数的，咱们这回出师，得往东打

　　　　呀！往东打是暗中有人扶持，一定是百战百胜，

　　　　无攻不破，无坚不入。……

石　头：他妈的，日本鬼子由西边抽你屁股，你他妈的往

　　　　东打？（大家都笑了，福生一不当心，刀子劈在

　　　　手上，哭了起来。）

田大爷：怎么啦？

福　生：（哭）手……手……手……

李二嫂：这孩子！谁叫你不当心呢！

童先生：（搔首叹息）唉！

石　头：（望望星）三星晌午了，这些兔崽子还不来，简直

　　　　不是他妈的办正经事儿的……（向童）你给我枪，

　　　　让我打两下叫一叫。

童先生：这怎么可以呢？半夜三更的打枪，人家不是都知

　　　　道了吗？唉，这些年轻的，什么也不信。

石　头：那你说怎么办呢？我们就这样死等吗？（回头看

　　　　福生）福生！你找找他们去！

童先生：你别去，福生！深更半夜的让小孩子去跑。

田大爷：福生上这边来吧！让我拿衣服给你盖上。（福生走

　　　　过去）让我看看你的手还痛不痛啦！

福　生：痛！（睡下，田给他盖衣服。）

田大爷：可不是，他们也该来了。（抽完一袋烟，磕磕烟

袋）不会出什么岔吧？

石　　头：再等一会儿看。（大家昏昏欲睡，李二嫂吹火，过
　　　　　了一会儿，石头不耐烦起来向后转望。）

福　　生：（梦话）哎哟！不要打我！不要打我……妈妈？妈
　　　　　妈？你往炕梢上滚哪……那儿有把剪子你伸手哪，
　　　　　伸手啊……

童先生：这孩子总说梦话。

田大爷：（推福生）醒醒！你醒醒！

福　　生：（一翻身又睡了）……妈妈，你拿剪子……扎他，
　　　　　扎他，使劲扎他！
　　　　　（忽然坐起来四外一看，失望似的又倒下去了。
　　　　　稍停。）

石　　头：水还没有开吗？

李二嫂：就开。（石头站起来向后走）你干什么？（一排枪
　　　　　响，很远有狗咬声，恐怖而深远，除了福生，大
　　　　　家都站起来，小声说话。）

童先生：哎呀！一定是他们出毛病了。

石　　头：我去看看。（欲下）

田大爷：石头！（当心的）

石　　头：啊——

田大爷：你怎么这么冒失，你知道前边是什么事情，就这

样冒冒失失地跑去。

石　　头：管他什么事，总得看看去呀！

李二嫂：别是日本鬼子吧！

童先生：要是日本鬼子的枪声，绝不会这么近哪……好像
　　　　就在耳朵边上似的……先不要动，沉着气，我们
　　　　听听看。

田大爷：（问石头）你对他们说了，来的时候走哪条小路
　　　　啦吗？

石　　头：那还用说，他们又不是不认识路。

田大爷：他们一定是碰上日本鬼子了。

李二嫂：哎呀！那可怎么办啦？

　　　　（远远有口哨声，石头注意倾听，也同样地吹一
　　　　声，远远地再答一声。）

李二嫂：是我们的人。

双　　银：哎呀！他们都来啦！……（叫）王大哥，王大哥，
　　　　赵大哥！

赵　　伍：（远远的回答）唉！……双银！

　　　　（双银跑过去，王、赵上，双银扑在他们身上
　　　　欢跳。）

双　　银：王大哥，王大哥，我们算卦啦！那才好玩呢，东
　　　　方是生门，我们要往东走……福生还要找你们去，

大家伙不让他去他就做梦啦！还叫呢！……我等
你们，左等也不来！右等也不来！

王　林：来，约一约多少斤，看长了没有。（约了一下）长
了多少？

双　银：长啦半斤零八两啦！

福　生：（醒了过来，坐起来）赵大哥！招镖！啪！（把小
刀丢过去，赵用手一格，掉在地上。）

赵　伍：你这小子，比日本人还厉害！

　　　　（福生站起来笑着。提着裤子去捡刀，赵伍不动声
　　　　色地用脚踏着刀，福生弯下腰去，赵伍打他的屁
　　　　股，他装狗咬，赵伍跳开，福生拿了刀，看他一
　　　　眼，大踏步回去。）

石　头：枪声是怎么回事？

赵　伍：哎！不用提啦，真糟！（抬头招呼大家）啊？田
大爷、童先生，噢，李二嫂，你的孩子好吗？睡
着了？

李二嫂：（苦笑）嗯——（背过脸去）

石　头：你们带家伙了没有？

赵　伍：（从袖里掏出铁尺）这个家伙怎么样？

石　头：嗯，行！

童先生：怎么，你们走错了路了吗？

赵　伍：他妈王林真不是玩意儿，我说走小路吧，他说不要紧，好像很有把握似的，到了撞上啦！（王林摸摸头，抽口气）要不是那壕沟，恐怕我们的小命都没有啦！

田大爷：我说是吧！（问石头）年轻人就是这么不可靠，不管什么事小心点好。

王　林：我们出村子的时候，一个人都没有，倒是很好的，我们就溜溜达达，指天画地的，越谈越起劲，那鬼子要不放枪，说不定我们还走到他们跟前去了呢！

赵　伍：你这小子真不是玩意儿！

王　林：得啦，别说啦吧！我要不拉你，你他妈还往前走呢！

童先生：来啦就得啦，我们谈正经的吧，别说这些了。

李二嫂：水开了，过来喝水吧！谁喝水自己舀好了。

　　　　（大家喝水）

石　头：好了，你们都来了！咱们还是按着白天打算的，大家都出发到郭村去，那儿有十个日本鬼子、十杆枪，童先生这儿留守……

童先生：不成，你们都去，我也得去。

双　银：我也去。

王　林：瞧你那个傻样，你还去呢，没做事先敲锣，你要去，在十里开外人家就知道了。

双　银：那我不讲话不行吗？

王　林：不讲话你还咳嗽呢！

田大爷：你们别吵啦！"嘴上无毛办事不牢"。

石　头：我说啊，童先生留在这儿，双银、福生、李二嫂你们四个人看家，我跟田大爷、王林、赵伍几个人到郭村去，田大爷把风，我们分两处，一齐下手，管保它成功。

福　生：石头，我也去。

石　头：去他妈的小鬼也去！

童先生：你年纪还小呢，等长大了再干。

福　生：童先生，我也会抢日本鬼子的枪。

石　头：你也会抢枪！

福　生：我有刀，砍起鬼子来跟削萝卜似的。

王　林：好小子，有种！

赵　伍：（突然）嗐，我想起来了，我们来的那条路上不是有两个鬼子吗？咱们先把他们干掉再说！

石　头：别忙，让我想想看……

赵　伍：想什么呀！先把枪弄来再说！

田大爷：（问石头）让他们去吧，他们两个在这边下手，我们几个到郭村去。

王　林：（拿起田大爷的扁担）这是谁的扁担？

田大爷：这个家伙给我，就凭这一条扁担，跟那一条铁尺，就要小鬼子的命。

赵　伍：走！（向双银）等着呗！我们打鬼子去！

福　生：（追过去）赵大哥！我呢？

赵　伍：你在家里等着啊！这孩子真乖，一会儿见啊！

福　生：（阴沉地）一会儿见！

田大爷：（走到王、赵面前，像有话说似的看了半天）当心啊！

赵　伍：田大爷！你放心好了，保管没有错！

王　林：（一手提扁担，一手拍胸，自信地）哼！走！

　　　　（王、赵下，其余的人呆望目送。）

石　头：（很快地回身走向童前）童先生！

童先生：什么？

石　头：把你的手枪给我。田大爷！咱们走吧！

童先生：（走过去问石头）我一向没说过你的短处，现在我要说了，我知道你性子粗暴，好出乱子，这次你可不得不当心啊！我们自己的死活不要紧，我们能不能打回家去全看你们了。

石　头：童先生！你等着瞧吧！等我们回来的时候，起码

一个人一杆枪，你别看我斗大的字认识不几个，

我是粗中有细啦。（笑）

李二嫂：呸！

石　头：（在童先生臂膀上打了两下）再见啦！

童先生：好！瞧你的！

（石头和田大爷下）

（李二嫂坐在大石上，寂寞的哼着小调子，双银靠

在她身旁发呆，福生玩弄小刀。）

童先生：（坐在树下看天上的星斗，停了一会儿）双银！怎

么发起呆来了哪？

双　银：我在想石头他们走到什么地方了。

李二嫂：傻孩子，你怎么能想得出呢？

童先生：（拿起卦本）我们还是算卦吧！

双　银：童先生，我给你摇钱好不好？

童先生：好啊！你可别弄错了！

双　银：给我钱！

童先生：钱不在那边吗！

双　银：（摇钱，摆好，看）三个字儿，两个满儿。

童先生：别忙，别忙，让我看看……三个字儿，两个满

儿……这一卦是谁的？

双　银：（瞪着两眼想）……算赵大哥的吧！

童先生：（翻卦本）上中……上吉……（读词）"如人行暗夜，今天得天明，众恶皆消灭，端然福气生。""谋事可成，寻人得见，出门见喜，马到成功。"他们一定成功！一定成功！让我们再摇一卦看田大爷他们怎样？

李二嫂：童先生！你给我摇！

童先生：你摇也好，只要心诚，谁摇都是一样。

李二嫂：（摇钱，摆好）你看吧！

童先生：（翻完卦本摇头）"什么马登程去，饥人走远途，前程多阻碍，退后福无方。"哎呀……哎呀……

双　银：（很急的）怎么哪？怎么哪？你快说呀！（福生悄悄地爬起来，预备逃走，一不留神刀子落在地上，他吃惊地不敢动一动，见三人都未注意，便匆匆地拾起来溜走了。）

童先生：这一卦……这一卦……

李二嫂：不好吗？

童先生：不好也不是的，不过有一种不吉之兆。

双　银：瞧你，童先生！

李二嫂：你再念一遍给我们听听。

童先生：糟糕！我的《康熙字典》没带出来。

双　银：什么康七刺典哪？

童先生：有一个字儿憋住了。

李二嫂：你刚才不是念过了吗？

童先生：我刚才是囫囵吞枣地把那个字给咽下去了。

李二嫂：你就照样再念一遍吧！到底是什么意思？

童先生：田大爷这一趟是凶多吉少啊！

双　银：你说我爷爷这一趟去不好吗？

童先生：本来吗？那么大年纪啦！唉！

双　银：（不语，站起来就走）

李二嫂：双银！双银！你干什么去啊？

双　银：（带哭的声音）我找我爷爷去！……

童先生：回来吧，傻孩子！深更半夜你到哪儿找去？……

双　银：那爷爷不回来怎么办哪！

李二嫂：童先生的卦不一定灵的，这傻丫头！他一会儿就

　　　　回来啦！

　　　　（把双银拉回来）

童先生：（突然）咦！福生到哪儿去了？

　　　　（大家找，叫喊）

童先生：他也许找石头他们去了吧？

李二嫂：对啦！刚才他不是直闹着要去吗？说不定是跟他

　　　　们走啦！

双　银：那怎么办呢？

童先生：别急，让我给他问一卦看看。（摇钱，一看就把手往膝上一拍）好啊！我算了多少年的卦也没见过这么好的！这，这，这孩子小狗命才旺呢！你看！你看！（李二嫂凑过去）这……这……一看就是那孩子有出息，将来一定成大事！

李二嫂：你快念哪！

童先生：（读词）"天兵诛贼寇，旌旗得胜回，功动为将帅，门第有光辉。"太岁星下界，这孩子的命才硬呢！将来大富大贵，从小就克爹克娘……

李二嫂：噢！噢！……（坐下）

童先生：将来还要克老婆呢！将来还要……克老婆呢！

双　银：那我可不会嫁给他。（李、童都笑了）

李二嫂：羞啊！羞啊！

双　银：嗯——（不好意思地向李怀中乱扎）

（后有王林、赵伍的笑声）

王林的声音：我说的不错吧，一个扁担、一根铁尺换来两杆大枪来！

赵伍的声音：妈的，一铁尺就把鬼子的后脑勺子开了花啦！哈哈！……（上）

王　林：（上）你别说啦！我要是不给那一个小鬼子一扁担，你小子还不知怎么样呢！

李二嫂、双银：（迎上去）怎么样？怎么样？

赵伍、王林：（一人手中一杆枪向前一举）你们看！

双　银：（笑着把枪往怀中一抱）一二一！一二一！立正！……（一个人操着喊着）

李二嫂：哎呀！你们一个人抢了一杆枪回来啦！

童先生：你看我的卦灵不灵？我的钱呢？……（找钱来摆在臂上）你看！哎！你看，这……这……这卦简直是……

赵　伍：（拍童的臂，把钱打掉）什么卦不卦的？

童先生：我给你们算的卦是"谋事可成，寻人得见，出门见喜，马到成功"，是不是？果然不错吧？

赵　伍：我们走得离他们不远，就在地下爬，看见两个鬼子在那儿叽里呱啦的，说一会儿叹一口气，说一会儿叹一口气……

王　林：看那样子还很伤心的呢！

赵　伍：他们正伤心呢，我们就爬到他们后面。看见一个家伙还抹眼泪呢！我心想，你别伤心啦！回老家去吧，一铁尺就揍了个脑浆迸裂，连叫也没叫一声。（大家笑了）

王　林：旁边那个小子愣了一愣，手里抓着枪就要搂火，我就搂头一扁担，我看他晃了两晃就来了个狗

079
突　击（三幕剧）

吃屎。

（大家又笑了。）

童先生：他们一枪都没开？

赵　伍：他把枪子儿留给我们用了，他舍不得开。

（大家又都笑了。）

王　林：把枪拿过来吧！

双　银：不！我还操操呢！二嫂！你也来！（给李一杆枪）

向后转！向后转！……（开步走）

李二嫂：（把枪给王）搁下吧！别把枪鼓动坏了！

双　银：你不跟我练兵，回头我跟那小没后脑勺的练去。

赵　伍：把枪给我，回头动坏了！

双　银：不！我给我爷爷！……

（远处有狗咬。）

童先生：你听，老远的狗叫了，别胡闹啦！许是他们

回来！

双　银：（跳起来）可不是！又是小没后脑勺的在那儿装着

玩儿呢！我去接他！（跑过去）

赵　伍：（拦着她）给我枪！

（双银把枪给他，叫着跑下去，王、赵也下。）

双　银：小没后脑勺的！操操来！（石头背枪上）

赵　伍：怎么样？（石不答）都回来了吗？

石　头：（看看他沉重的低头）都回来了。

田大爷的声音：别吵！

　　　　　（田大爷背福生上，王、赵随在后面，双银在田大
　　　　　爷后面乱叫。）

双　银：小没后脑勺的！刚才你怎么跑啦？我们找啦你半
　　　　天！我们给你算卦啦！咱们有枪啦！咱们操操玩
　　　　好不好？你怎么啦？怎么不理我呀？小没后脑勺
　　　　的！别装死喽！

石　头：滚一边去！

　　　　　（田大爷把福生放在大石块上。）

李二嫂：这是怎么啦？

田大爷：这孩子怕是没指望啦！

双　银：（看福生）二嫂！你看！

　　　　　（福生呻吟着）

李二嫂：福生！福生！（福生呻吟）孩子，你觉得怎么样？

童先生：石头，他是怎么伤的？

石　头：这孩子实在太好了，要没有他，说不定我们都回
　　　　不来啦！

赵　伍：你怎么搞的，怎么不看着孩子呢？

石　头：不是，是这么回事。我们走到郭村跟前，我就干
　　　　了一个哨兵，摸到他们营房外边。原来是叫田大

爷把风，一边接枪。我进去，刚从架上摘下来三

杆枪，正往外递，就听见炕上一个鬼子醒了……

赵　伍：怎么了？

石　头：我想掏手枪，可是手里拿着两个大枪，正急得没

办法，就听见醒了的（那个）家伙哎呀一声……

王　林：怎么？

石　头：我看见一个黑影提着刀子就往外跑了……

童先生：谁呀？

石　头：是福生，他把那鬼子一刀给捅死了……

大　家：是他！

田大爷：（沉重地点头）是他。

石　头：他先蹲在炕边，鬼子一翻身他就给了一刀，就往

外跑，他们不知道有多少人，也不敢出来，屋子

里直往外打枪，我也不敢招呼，拉着田大爷就在

地下爬着走，跑到墙拐角的地方，就看见福生在

那爬着呢！手里还拿着这把刀。

（大家沉默，听见风响）

福　生：（说呓语）鬼子……鬼子……杀啦！……（坐起来

睁眼找）

李二嫂：福生！福生！……你找谁？（福生做手势）你要

什么啊？

福　生：我的……

双　银：你的什么呀？

福　生：刀……刀……（杂着呻吟）

石　头：给你刀……（把刀递过去，田大爷接刀给福生）

田大爷：福生！你的刀在这儿呢！……拿着啊！

福　生：把这血给擦下去……

田大爷：（用袖子擦了刀又递给他）拿着吧，孩子，你看，
　　　　已经擦好了。

福　生：田大爷……（对着月光看刀）嘿嘿……（笑了）
　　　　这是刀吗？……这是我的……（举起刀往上戳）
　　　　就这一下！就这一下！（笑）爸爸！妈妈！（手
　　　　在空中乱摸）

李二嫂：福生！福生！（扶他躺下）

福　生：（挣扎着向前扑）爸爸！妈妈！妈妈！（躺下，大
　　　　家围过来）

李二嫂：福生，孩子，你看看我！（福生不答，李二嫂拿
　　　　起他的手贴在脸上，手一松，他的手就掉下来。）

双　银：哎呀，他！——（向后退）
　　　　（大家低着头退开。）

田大爷：（眼直望着前面，风飒——飒——的响）这孩子……
　　　　这……这……这是怎么……一个十几岁的孩子……

他的爸爸他的妈妈……他……这是怎么的？……他应该活着，他正好活着……我们、石头、李二嫂、童先生、王林、赵伍……我们都活了几十岁了，要怎么都成，死就死，活就活……他，这孩子……孩子们……才十几岁呀！……

（李二嫂和双银痛哭起来，双银投入童先生怀中，童先生扶她坐下，取出一炷香点着，用棒敲钟，田大爷把孩子抱起来向后台走，大家沉默着，风仍在飕——飕——地响，清寒的月光冷静地照着石牌上突击来的几杆枪，幕随着钟声慢慢地落下去了。）

第三幕

时　间：黎明之前

地　点：田大爷的家

人　物：石头、童先生、田大爷、李二嫂、双银、王林、赵伍、日本兵二名、乡民多人。

景　物：在村头，塌了顶的房子，被炮火轰毁了的土墙，打折的树木，死了的牲畜，男女的尸体，这一块被踩躏的痕迹，还都新鲜地存在着，穿红兜兜的小孩挂在树上摇动着，田大爷的地契零乱地挂在柴草上。

开幕时舞台静寂，稍顷两日本兵上。

甲：呃！香烟有！

乙：有，坐下歇歇腿吧！

（乙从口袋里拿出五台山香烟二支，擦着火柴照着香烟，甲看了香烟的牌子。）

甲：哦，五台山的牌子（吸一口后，夹在指间，沉吟的）五台……

乙：（轻轻地推甲）喂！想家了吗？

甲：（转脸向乙）你听说过五台山的游击队吗？

乙：别提这些吧！提起这个我的头就痛。

甲：我们那次用几个师团包围他们。

乙：去，去，去，不管他几个师团。

甲：听说他们还自己开银行，印邮票呢！

乙：他们也用我们大日本的邮票吗？

甲：大概是不用吧！

乙：我就讨厌游击，来，不知道他们从哪里来，去，不知道他们从哪里去。

乙：好像地缝中都会钻出来一样。（急转头看，惊慌地
寻找）你看什么？（甲用手摸头顶，很难为情地
笑一笑）

甲：听说我们来到中国的队伍都不能回国了。

乙：（深深地吸口烟，向天徐徐地吐出，从破墙上跳下
来）走。

甲：休息，休息呀，我们好多天也没得休息了，我的
腰都痛了。

乙：腰痛啊！等回国后到皇军医院免费电疗吧！

甲：等我的骨灰送回国再电疗，免费电疗！

乙：走吧，走吧！（焦躁地）

甲：（仍坐在那儿）妈妈的，我们的大队都走开了，这
村子里就留下我们十几个人，老百姓也逃光啦，
我们用飞机送来的给养，都接济不上，连香烟都
没得抽啦！

（懒洋洋地，二人起身走，乙摔倒在尸体上。）

乙：（摸一手血，惊疑地）什么玩意！倒霉倒霉！

甲：怎么啦！

乙：怎么闹的，弄了一手。（拿起手来嗅了一下，
恶心）

甲：血。

乙：讨厌，讨厌！（两手无处放）走吧！

甲：走吧！

　　（稍停，石头、王林，从破墙壁后紧张地走过来，

　　各处查看了一遍。）

石　头：（爬上高处，砰砰两枪，即跳下，躲避起来，四

　　　　面枪声大起，墙旁退过日本兵二名，均被石头击

　　　　死。在石头身后墙壁上出其不意地跳下日本兵一

　　　　名，抱住石头的头滚在地上，二人扭打。王林抽

　　　　空打了一枪，日兵死，王林转到石头身旁，不料

　　　　墙后又来一日兵，被石头击死在墙后，四面杂乱的

　　　　枪声中传来喊杀的声音，石头用口哨回答，石头喊

　　　　着）追呀！见一个杀一个，冲呀！杀呀！干呀！

赵　伍：石大哥，这边怎么样？

石　头：从墙上翻下四五个，全解决了。（向王）王老弟，

　　　　你走往这路口，我们冲过去。（石、赵下）

田大爷声音：（在幕后喊）双银！快呀！别丢在后头！

双银的声音：爷爷，这回我们可回家了。

　　　　（田大爷、双银上）

田大爷：（木然地呆看，向四下望，手扶着墙上）墙、房

　　　　子，（走过去）双银！拿根蜡来，（弯着腰在找什

么，忽然站起）还有，还有锅台，（强烈地）我
到底回到我的家来了。（狞笑）哈哈……

双　银：（从柴棍上拾起地契）爷爷，爷爷，你看这上头有
　　　　你的名字。

田大爷：拿来我看。

双　银：爷爷，这是什么东西？

田大爷：我们家的地契。双银！你帮我找……帮我找……

双　银：爷爷，找什么呀？

田大爷：你二叔，你二叔……

双　银：二叔不是死了吗？

田大爷：死了也要看看他的尸首。

双　银：爷爷！拉倒吧，死了你还找他干吗？看见他你更
　　　　要难过呢！

田大爷：我要找着他……一定得找着他，难过，（苦
　　　　笑）哼……

王　林：谁？（人声）

双　银：爷爷！有人，快把蜡吹灭了。

田大爷：（吹灭了洋蜡。）

童先生声音：我。（幕后）

王　林：哦！童先生吗？你怎么这时候才来？

双　银：童先生你可把我们等死了，哎呀，李二嫂怎么啦，

怎么这个样子啦！

童先生：可把我急死啦！走在半路上李二嫂也不知道怎么回事，一人乱跑，她喊着你别抢我的孩子，把他还给我，你别抢去他，他是我的，他离不开妈妈，他离不开……一边喊着，一边疯了似的乱跑。起初上我还追得上，后来她越跑越快，把我一丢就丢得好远，我连一个人影都看不见了。黑天半夜的我也没有办法，人既然找不着了，只好回来找我们的队伍，没想到走到村外的小河沟里我就听见一个女人哭，起初上我很奇怪，这时候哪儿来的女人哭呢？后来越听越像李二嫂的声音，我就大着胆子走去一看，果然是她披头散发的，衣服也都撕开了，胳膊上还刺伤一块，看这样子一定是被鬼子糟蹋了。

王　林：快安排她坐下吧，童先生。（把李二嫂放下，李二嫂呻吟着）

双　银：李二嫂，李二嫂！

童先生：你不要动她，快找个东西来盖盖。

王　林：妈的，这些活造孽的鬼子！

童先生：（叹息）唉！谁想得到李二嫂那么好的人，得这么个结果。

王　林：男人都太没有用了！那么多人在一道走，会让她
　　　　一个人跑开，谁会想得到呢？

童先生：谁会想得到啊……

双　银：童先生，你看她胳膊上的血还直往外流呢！

童先生：我脑子弄昏了，快找东西给她包扎起来。

双　银：（四面看看，找不到东西）

王　林：来，来，来，（把腰带解下撕下一条）拿这个给她
　　　　包上。

　　　　（双银给李二嫂包扎。）

李二嫂：（先是呻吟，后呼痛）唉，唉……哎哟（睁眼立
　　　　起）你们，你们还在这儿，还不给我滚开，你们
　　　　这些肮脏，下贱，恶心……你们这些鬼子，你们
　　　　以为我就这样好欺侮吗？我不怕……（站起来）

童先生：李二嫂，李二嫂，你不认识我们啦？李二嫂，你
　　　　把眼睁开看看！

双　银：哎，李二嫂！……这是童先生……我……我是双
　　　　银。（扎着手，吓得没办法）童先生，你快叫她
　　　　坐下吧！

李二嫂：（把童先生一推，疯狂地跑，喊叫）你们以为我就
　　　　不能报仇了吗？我儿子终久要长大的，他终久会
　　　　宰了你们的……嗯！……（狂笑坐在墙头上）

田大爷：（站着，茫然地直起腰）嗯？嗯？（看看她又低下
　　　　头去找）

童先生：王林快来！我们架着她！

王　林：她这样的人，你得顺从她，不能强制她，越强制
　　　　越厉害。

童先生：那怎么办呢？要不叫双银……

双　银：我不去！我怕！

童先生：还是我来吧，你不让她跑怎么办呢？（向李那边
　　　　走去）

李二嫂：（看见童走来，拿起墙头上的砖向他投去）你来！
　　　　你敢，你这没廉耻的狗！你敢动我一动！

童先生：这……这……这……真糟心！……你这样闹下去
　　　　怎么是个完啦！（自语）总得想个办法！（叫）
　　　　李二嫂！你这是干什么呀？你怎么变成这个样
　　　　子啦？

李二嫂：哎！（对着墙）你们别站在那儿不动哪！你们快
　　　　来帮我的忙呀！快来呀！你们瞪着眼干什么？你
　　　　笑？……你笑什么？……嘿嘿……你们这些不中
　　　　用的东西！

双　银：童先生！你让她别这样啦！

童先生：你报仇也不是这么个报法呀！人家前边打得那么

厉害,你在这是什么样子?什么样子?你这样就
报仇了?

李二嫂:(向观众)你们来呀!鬼子在这儿呢!你们快来
呀!你们跟我来呀!我们一道去呀!报仇!杀!
杀!(跑下去了)

童先生:(追去)李二嫂!李二嫂!……

王　林:童先生!让她跑去吧!(自语)唉!一个人糟蹋
得这么可怜!

　　　　(田大爷由墙后背个死尸出来,一不留神被日本兵
　　　　的尸体绊倒,上气不接下气地呻吟。)

童先生:啊!田大爷!(回身向双)双银!快!

双　银:(急转身,跑到田面前)爷爷!你怎么了?

田大爷:你二叔……你二叔……我的蜡呢?我的蜡呢?

双　银:爷爷!不是在你手里拿着吗?……童先生!你给
划个火!

　　　　(掏出火柴给童,童划洋火点蜡。)

田大爷:(用蜡照死尸的脸,一手拿蜡,一手抚死尸的脸)
是他……这就是他……他……

双　银:哎呀!爷爷!我怕!你不要照啦!我怕呀!

童先生:田大爷!田大爷!你太累了,到那边休息休息吧!

田大爷:(揭开儿子的伤口)你看这伤口,这血,这是鬼子

的枪打的……

双　银：爷爷！看你的眼，多怕人呀！你不要这个样
　　　　子了！

童先生：田大爷，反正他是死啦！你也就不要难过啦！

田大爷：难过吗，没有，我一点也不难过。

双　银：爷爷，不难过，你为什么哭呢？

田大爷：没有，我没有哭！我……我……（抽气）我儿子
　　　　死得冤枉！他没有杀着一个鬼子，他没有杀着一
　　　　个呀！……

赵伍的喊声：弟兄们加劲儿呀！我们要使他斩草除根，一
　　　　个不剩！

石头的声音：你们分三路搜索，检查一下我们受伤的弟兄，
　　　　我去看看童先生他们来了没有。

童先生：石头来啦！（喊）石头！

石　头：哎！

双　银：我们打胜了吗？

石　头：（上）胜啦！哈哈！鬼子都收拾干净啦！王家甸子
　　　　的队伍和我们会合了！

童先生：一个也没留吗？

石　头：留下了几个？都见阎王去啦！哈哈！……

童先生：（向双银）你看我的卦灵不灵？真灵啊！你不能不

靠天数！

双　　银：别说了吧！你把福生都算死了还灵呢！爷爷！爷爷！我们打胜啦！

田大爷：胜啦？我们打胜啦？真的？

童先生：我们打胜啦！

田大爷：（向死尸）你听见没有？我们打胜啦！（向石头）我们把鬼子都杀光啦？

大　　家：都杀光啦！

田大爷：杀光啦！……杀光啦！……（向死尸）都杀光啦！

童先生：双银！来扶你爷爷到那边去。（二人扶田到墙边坐下）

田大爷：（走时不住回头看死尸，自言自语）可惜，他看不见了！

石　　头：童先生、双银，你们去把枪给捡一捡……王林，来，把双银的二叔抬到后面去，……把这些死狗扔出去！（两人抬死尸，两人捡战利品）

双　　银：童先生！你把这些都写上！……（检视）……水……壶……五个！（童先生重复他的账）……铁帽子三个……（摘下童先生的帽子，把钢盔给他戴上）……枪子儿……三大串！……（一抬头看见墙头穿日本大衣的王林，吓得后退）鬼子！（石

头举枪要放）

王　林：石头！你也不剥皮认认瓢！（大摇大摆地过来，拍拍胸脯将大衣散开让别人看）

石　头：他妈的，有你穿的没我穿的？看我的！（下去找大衣）

童先生：还有我的印！

双　银：你要什么？快记你的账去吧！

（鸡叫了，石头披大衣上，打着呵欠。黎明的光辉往地平线上升起，远处有群众的歌声。田大爷扶墙起立，和着歌声，断断续续地唱着。）

田大爷：打起火……呵把，拿……啊……起枪，带足……喔了子弹！干！……安……安粮，赶快上……安……战场！（群众的歌声渐近渐响）

石　头：（招呼）哎咳唉！……

双　银：（向童）你快……快……快！大家都来啦！都来啦！

（田大爷更大声地唱，群众拿着火把、枪，唱着上……王林用手将枪钟摆一样的摇动，石头猴子一样地跳着舞着……群众的喜悦冲上了天穹。）

（幕下）

突　击（三幕剧）

民族魂鲁迅（哑剧）

（剧情为演出方便，如有更改，须征求原作者同意。）

第一幕　人　物

少年鲁迅　　何半仙　　　孔乙己　　　　阿Q

当铺掌柜甲、乙　　　　　单四嫂子　　　王胡

牵羊人　　　蓝皮阿五　　祥林嫂

民族魂魯迅

蕭江編劇

（劇情如演出之便，如有更改，須徵求原作者同意。）

第一幕　人物

少年魯迅　　　　孔乙己
當舖學徒乙甲　　王胡
藥店阿五　　　　阿Q
阿半仙　　　　　章孚人
阿四嫂子
祥林嫂

第一幕　劇情

六十年前如今天，魯迅先生在浙江省紹興府，他的父親生病，曲秘財產，魯迅……

第一幕　表　演

　　六十年前的八月三日，鲁迅先生生在浙江省，绍兴府，他的父亲姓周，母亲姓鲁。鲁迅先生的真姓名叫周树人，鲁迅是他的笔名。

　　他生来记性很强，感觉很敏，生性仁慈，对于人类怀着一种热爱。他的一生的心血都放在我们民族解放的工作上，他的工作就是想怎样拯救我们这水深火热中的民族。但是他个人的遭遇很坏，一生受尽了人们的白眼和冷淡。

　　这哑剧的第一幕是说明鲁迅先生在少年时代他亲身所遇的，亲眼所见的周围不幸的人群，他们怎样生活在这地面上来，他们怎样地求活，他们怎样地死亡。这里有庸医误人的何半仙，有希望天堂的祥林嫂，有吃揩油饭的蓝皮阿五，有专门会精神胜利的阿Q……

　　鲁迅小时候，家道已经中落，父亲生病，鲁迅便不得不出入在典当铺子的门口。

　　鲁迅看穿了人情的奸诈浮薄，所以从很小的时候，就想改良我们这民族性，想使我们这老大的民族转弱为强！

第一幕　剧　情

舞台开幕时，是一片漆黑。

黑暗中渐渐地有一颗星星出现了，越来越亮，又断断隐去。

黑幕拉开，舞台有个高高的当铺柜台，柜台上面摆着一个浑圆的葫芦，一个毡帽大小的一把酒壶。

当铺门口西边有一张桌子，桌裙是一张白布，什么字也没有写，东边是两件破棉袄乱放在那里。

近当铺门口有个小石狮子的下马台，是早年给过路人拴马用的，下马石旁边立着一根红色的花柱，柱顶上有块招匾，写个很大的"押"字。

开幕后，哑场片刻。

单四嫂子上，手中抱着一个生病的小孩，她显出非常的疲倦，坐在小石狮子上休息、擦汗、喘气、叹息、看视小孩、惊惶，将小孩恐惧地放下，左右找人，没有，又将小孩爱抚地抱在怀里。流泪，用手摇小孩，看天，做祈祷的样子，掠发，擦汗，又检视小孩。

蓝皮阿五上，形状鬼祟，以背向后退，做手势和别人讲话，手势表示下面的意思：小孤孀，好凄凉，我明天，和你痛痛快快喝一场……在咸亨酒店，半斤不够，一个人得喝三斤，明天见……正退在石狮子上，差一点没有和单四嫂子相撞。

看见了单四嫂子，又看见了她病了的孩子，故作惊奇的样子，又表同情的样子。替单四嫂子抱孩子，专在单四嫂子的胸前和孩子之间伸过去。

单四嫂子很不安，要把孩子再接过来。

蓝皮阿五表示没有什么。

单四嫂子想找个医生给孩子看病。

蓝皮阿五把孩子交给单四嫂子抱着。

蓝皮阿五走到桌子前边，将桌子大声一拍。

桌子自己掉转过来，桌裙上写"何半仙神医，男妇儿科，老祝由科，专售败鼓皮散，立消水鼓，七十二般鼓胀"。

桌子后钻出何半仙来，头戴帽翅，身穿马褂，手拿小烟袋，指甲三寸长，满身油渍，桌上放一个小枕头。单四嫂子走过去，把孩子给他看。

何半仙看了以为没有什么，做手势说得消一消火，吃两帖就好了。

单四嫂子掏钱给他，何半仙认为还差三十吊，单四嫂子解下包孩子的袍皮托蓝皮阿五去当。

蓝皮阿五到柜台上大声一拍，柜台上的葫芦和酒壶处就出现了两个人，一个是掌柜甲，一个是掌柜乙，原来葫芦是秃头的秃顶，酒壶是那一个的毡帽。

蓝皮阿五当了四十吊钱，自己放了十吊在腰包里，给单四嫂子三十吊，又把手贴着单四嫂子的胸前伸过去，替她抱孩子，走在小石狮子面前，他用脚一踢，石狮子打碎了，出现了已经折了腿的孔乙己，他用手在舞台上膝行着走来走去。他在花柱上用力一拍，柱后转出祥林嫂。

祥林嫂一直找到何半仙那儿去问病去，问人死了之后，有没有地狱和天堂。

蓝皮阿五随便用脚啪的一声踢着两件破棉袄，里面钻出王胡和阿Q，两个人比赛拿虱子，他说他的大，他说他的响，两个人龃龉起来。

王胡后来终于没有比过他，就拿出火链来，点起亮来，吹灭了又点，点了又吹灭，故意戏弄阿Q，阿Q大气。他是癞痢头，最忌讳别人说亮了，亮了。一手就捏住了王胡的辫子，王胡也来捏住了阿Q的辫子，两个人不分上下，两个人在墙壁上照出一条虹形的影子，两个人都不放手。

少年鲁迅带着可质的物件上，一直走到柜台上，把质物递上了。

两个掌柜本来正看着王胡和阿Q打架，一面随着他俩的动作眉飞色舞，一面还做着两面的指导人。

看见鲁迅来了，耽误了他们的兴趣，就非常的不高兴起来，故意刁难，故意揶揄。

掌柜甲以为：哈哈你又来了。掌柜乙便作态着来数落，昨天来，今天又来，明天还要来的。

掌柜甲认为货色不好，显出很不愿意收的样子。掌柜乙以为这已是老主顾，收是可以收，但得典费从廉。

掌柜甲以为你和他何必斟斤驳两，你反正从廉从优，他都得典的，你索性摆个面孔给他看就完了。

掌柜乙以为这不过还是买卖，卖身也得卖个情愿的，便肯出五十吊。掌柜甲认为不值，只肯出四十吊，对掌柜乙大示挖苦。掌柜乙为了保持自己的尊严，所以一定坚持五十吊不可。两个人争起来。掌柜甲不服气，把掌柜乙推开，伸出一只手来表示只肯给四十吊。掌柜乙趁势又钻出头来，把掌柜甲推开，伸出手来，表示肯出五十吊。掌柜甲又把他推开，伸手只肯出四十吊，掌柜乙出来又把他推开，伸手肯出五十吊。他们三番五次闹了半天，他们俩都疲倦了，于是他俩互相调和起来，协商的结果，肯出四十五吊钱。

少年鲁迅站在柜台前边，面对着这幕喜剧，不言不动不笑……直到他们耍完了，收了钱便走了。

两个掌柜因了这个少年没有参加他们的喜剧，非常不满足，彼此抱怨起来。

这时祥林嫂看见鲁迅走来，便探视他，地狱和天堂到底有没有呢。

鲁迅想了一会儿，点头说有的。祥林嫂脸上透出感慰的光辉。

鲁迅走过何半仙那儿的时候，孔乙己追着他讨钱。鲁迅给了他，下。

孔乙己掏出酒瓶来饮酒，阿Q、何半仙都围拢来争看他手中的钱。舞台渐暗。

舞台全陷在黑暗里，只有脚尖有亮，一个人牵一条羊上，四面黑暗里显出百千只的猫头鹰的眼睛，牵羊人大惊而逃。小羊仔怔忡了半天，不知往哪里逃。黑暗重重地洒落下来。

（幕慢慢地落下来）

民族魂鲁迅（哑剧）

第二幕　人　物

鲁迅　日本人甲　朋友　"鬼"

第二幕　剧　情

鲁迅先生十八岁的时候，那时父亲已经死了，连鲁迅先生读书的学费也无法可想了。母亲给他筹了一点旅费，教他去找不要学费的学校去。鲁迅先生就拿着母亲筹给他的旅费，旅行到了南京，考入了水师学堂，后来又进矿路学堂去学开矿，毕业之后，就派往日本去留学。

在日本，鲁迅先生学的是医学，他想要用医学来医中国人的病。

在仙台医学专门学校，学了两年，这时正值日俄战争，鲁迅先生偶然在电影上看见一个中国人因为做侦探而将被斩，因此鲁迅先生觉得在中国医好几个人也没有用处，还应该有较为广大的运动……

从那时起鲁迅先生就放弃了医学，坚决地想用文学来拯救我们中华民族。

鲁迅先生二十九岁回国的。一回国，就在浙江杭州的两级师范学堂教化学和生理学，后来又在绍兴做了一个师范学校的校长。有一次鲁迅先生走夜路，在坟场上遇到一个影子，在前边时高时低，时小时大，似乎是个鬼。鲁迅先生怀疑了一会儿，到底过去用脚踢了他。虽然鲁迅先生也怀疑了一下，是鬼呢，不是鬼呢？但到底他敢去老老实实地踢他一脚，这种彻底认准了是非，就是鲁迅的精神。

第二幕　表　演

青年鲁迅正在试验室做试验，一面将试验管里面的现象、变化、反应、结果……记录在纸上。

一个蒙在一条地毯□□□□□□□①现在钻出来。吃醉了酒，口吹着口琴，跳舞，闹着。

看了鲁迅在工作，非常惊奇。动动这个，摸摸那个，鲁迅依然不为所扰，沉静地工作着。

───────────

① 一个蒙在一条地毯□□□□□□□现在钻出来：为避报刊检查，原文首刊时用空格代替，空格中的文字为"下面的日本学生"。

那个学生觉得无聊，就在地上乱找，他东找出一本书，西找出一本书，都生气地丢开了。找了半天，最后才找寻到一段香烟，非常喜欢。他在屁股上划火柴去吸，几次都吸不着。原来他找到的不是什么香烟，而是一支粉笔头儿。他停了跳舞，想在黑板上写字，故意做出听取鲁迅意见的样子，在黑板上写着，仿佛记录的是鲁迅的意见。

□ + □□ = □□□①

□ + □□□ = □□□②

鲁迅冷冷地看了他一眼，并不睬他，仍在工作。

那个醉鬼跳着下去。

□□□□□□□□③。手里拿着个幻灯，摆在桌上，开映照片，做出招呼鲁迅去看的样子。

幻灯映出一个中国人因为做侦探而将被斩，阿Q麻木不仁地在旁边看着，而且把下巴拖下来，嘻嘻傻笑。

鲁迅于是非常痛心，他觉得在中国医好几个人也是无用，还是应该有较为广大的运动……他默坐在桌边沉思起

---

① □ + □□ = □□□：为避报刊检查，原文首刊时用空格替代，空格处文字分别为"人""兽性""西洋人"。

② □ + □□□ = □□□：为避报刊检查，原文首刊时用空格替代，空格处文字分别为"人""家畜性""中国人"。

③ □□□□□□□□：为避报刊检查，原文首刊时用空格替代，空格处文字分别为"另外一个日本人上"。

来。□□□□□□□□①鬼祟地走去。

鲁迅的一个朋友走来了，手里拿着许多文学书，有一本上面写着《新生》两个字，还拿着一大卷稿子。

鲁迅非常高兴，立刻将化学仪器移到另一个桌子上，把许多书都排开在原来的试验桌上。

那个朋友也到幻灯那儿去放映，映出托尔斯泰、罗曼·罗兰、契诃夫……等人的半身像来。

鲁迅决定献身文学。

鲁迅立刻伏在桌上写稿。

灯光渐暗，舞台全黑。

舞台又渐渐亮起来。

鲁迅一个人在荒野上夜行。

远远有一座坟场，有一个鬼影子时高时低，时大时小……

鲁迅踌躇了一会儿，怀疑着是人是鬼呢，莫能决定，仍然莫睹一样地走向前去。走到那鬼的跟前，用脚猛力一踢，原来蹲在那儿的是个掘墓子的人。被这一踢，踢得站起来，露出是个人样儿来。把他的铁锤吓得当啷落地，瘸着腿儿逃走了。

---

① □□□□□□□□：为避报刊检查，原文首刊时用空格替代，空格处文字分别为"目送着那个日本人"。

鲁迅目送之，下。

（幕急落）

附记：

如没有幻灯，可画几张大画，在舞台里边用布遮住，拉一次布幕就露出一张画来，拉数次布幕即可见画数张。

第三幕　人物

鲁迅　朋友　绅士　强盗　贵妇　恶青年二人　好青年二人

第三幕　剧　情

鲁迅先生在北京的时候，和假的正人君子们，孤桐先生就是章士钊那些人们所代表的反动势力，作着激烈的斗争，因为他们随便地杀戮青年。鲁迅先生在这个暗无天日的军阀政客统治的高压下，一个人孤军作战，毫不容情地把这般假的正人君子们击倒。

但在同一个时候，北京的学者，也有人在提倡实验主义、磕头主义、君子主义的主张，来和日人妥协，但鲁迅先生对这些都一概置之不听，认为和这些假的正人君子、假的猛人战士不能讲客气，只能打到底。

比如打已经落在水里的狗，非要再打它不可，一直打到它不能爬到岸上来，才放手。因为不这样，那狗爬到岸上还要咬人的，还要弄了一身泥污的。

所以后来有几个学者到段祺瑞政府去告密，说鲁迅先生不好，要捕拿他。

鲁迅先生得了朋友的帮助，逃到厦门，又逃到广州，在广州中山大学作了教授，后来辞职才去上海。

民族魂鲁迅（哑剧）

第三幕　表　演

开幕后，舞台上露出一段篱笆，用竹子破的，上边挂个牌子"内有恶犬"，篱笆下有两块灰色的圆石头平放着。

篱笆的一边，有个水池子。

鲁迅先生正用一个竹竿在打着什么东西。

一个贵妇人牵着一条小哈巴狗轻俏地走过，路上有一块砖头，绊了她一下，差点儿没跌倒了。

鲁迅先生的朋友，一个很文雅的教授，戴着眼镜，挟着一个很大的公事包走过来，对鲁迅先生作势，请他不要打。

鲁迅不听，认为非打又从而打之不可。

朋友又和他表示了一些仁侠精神的道理，走过去。

篱笆下面一块灰色石头底下，钻出一位绅士来，他把那盖在地上的，原来当作石头蒙着他的那张灰长衫穿起来，跑到另外的一块灰色石头的旁边去，把钱放在一个小小口袋里，打打呵欠，伸伸懒腰，站起来顶备要走的样子。

忽然一个铜板当啷落地，那位绅士分明看见那个铜板，但不就捡起，他在地上假设一块可以找到的铜板的地方，有两码见方的地方，他把它等分地画着方格子，然后从第一格找起，一直找到有铜板的格子为止，才把铜板捡起。

他实行着实验主义。

他站起来走路的时候，他忽然忘记了人身上的四肢，不知哪两肢是为的走路的，他先试着几步，觉得不能充分证明脚是用来走路的，便爬下去用手来走路试试，这一走，气喘汗流，才又转过来，用脚来走路。

他吃香蕉不知是带皮好吃呢，还是不带皮好吃。第一个香蕉他就带皮吃了，吃了之后，他发现它有好吃的部分，也有不好吃的部分，第二只香蕉就只吃皮，而把瓤丢了不吃，直到第三只他才决定香蕉是吃瓤儿的。

另外那块石头下面藏着一个强盗，强盗爬起，把那块原来当作石头的盖在他身上的一张空包皮，打叠起来，往背上一包，就去抢那位绅士的钱袋。

那位绅士见逃不了，慌作一团，因为手颤不止，把钱袋丢落在地上，要自己逃走。

强盗弯下腰来，拾取钱袋，以背向着那位绅士。

绅士本来可以乘他不备，抢回原物，刚想伸过腿去踢他，但是以为那样子太失去了绅士的体面，再说也太不公道，于是摆手，唤他转过脸儿来，再去打他不迟，不愿做背后进攻的事情。

强盗转过脸儿来，他伸手去打强盗，没有打着，反而自己挨了一掌。

绅士见身后有一块砖头，转身去取，以背向强盗。强盗却不如方才他那样客气，在他屁股上猛踢一脚，把他踢倒在地。

强盗因为回头注视他，没当心，被那块砖头绊倒了。

绅士走过来，本来可以乘他倒时打他，但也寻思了一会，仍然招手把他唤起，用手扶着他的肩膀，帮他站好，

民族魂鲁迅（哑剧）

然后摆好阵势，才伸拳去打他，没有打着，反挨了对方一掌。

这时这位绅士又去拾取砖头，强盗乘他不备，伸出脚来，又把他踢倒。

强盗拿起钱袋扬长而去，绅士则懊丧失望，用脚走下舞台去。

这时二恶青年上，他们看见了鲁迅在水边坐着。

青年甲认为鲁迅是有闲，有闲，第三有闲，一定是在看风景。

青年乙则认为鲁迅是醉眼蒙眬，一定是看见了一只青蛙，以为是什么怪物，在那儿昏头昏脑地打了起来。

那青年学着鲁迅的样子在看，然后自己蹲在地上做出青蛙在跳的样子，然后又立直了，像个旁观者似的看着，看了一会儿，又自己做出打滚的样子，又做出被打到水里的样子。

表演累了，便从自己的口袋中取出酒瓶，喝起酒来，两人的结论相同，非常满意。两人携下。

前一刻下场的鲁迅的朋友又上，样子比较惊慌，装束同前，仍然挟着大皮包。

他来告诉鲁迅先生一些段执政惨杀青年的消息，随后即走下舞台去。

这时有一青年，手持火把，从鲁迅面前跑过。

又一个青年，受了伤，手持火把，也跑过来，跑到舞台中间，倒地而死。

鲁迅急忙过来扶他。

看那青年没有再活转来的希望了。

鲁迅就从青年的手里，把火把接过来，向前走去。

舞台渐暗下去。

舞台再亮起来，映出广州的城垣，城上发出很大的火焰向天空照耀着。

鲁迅从大路上，手执火把向城垣走去。(此处不演也可以)

（幕慢慢落下）

附记：

火光可以用下列作法，用原纸板做成城垣型，上面缀以纸条，下面用鼓风机或风扇，或者利用过堂风使纸条向上飞舞，下边用红光灯一照，远看去，就像火的样子。

第四幕　人　物

　　鲁迅　卖书小贩　朋友　外国朋友　开电梯人　德国领事馆人　僵尸　少爷　买书青年群

第四幕　剧　情

　　鲁迅先生到上海以后的工作更严重了。鲁迅先生不但向国内呐喊，而是向着世界大声疾呼起来。

　　一九三〇年的二月，鲁迅先生加入自由大同盟。

　　一九三三年的一月，鲁迅先生加入民权保障大同盟。

　　同年五月十三日，鲁迅先生亲至德国领事馆为法西斯蒂暴行递抗议书。

　　"九·一八"和"一·二八"的时候，鲁迅先生写了《伪自由书》，坚决地指出了中国的命运。

　　在抗战的前一年，鲁迅先生为过度地工作夺去他的生命，他没能亲眼看到，中国是怎样地搬动起来，可是远在一九二三年，鲁迅先生就预言过，说过这样的话：

　　"可惜中国太难改变了，即便搬动一张桌子，改装一个火炉，几乎也要血，而且即便有了血，也未必一定能搬动，能改装。不是很大的鞭子打在背上，中国人自己是不肯动弹的，我想这鞭子总要来，好坏是一个问题，然而总要打到的……"现在这鞭子未出所料的打来了，而且也未出所料的中国是动弹了。

综括鲁迅先生一生的工作，鲁迅先生纪念委员会主席蔡元培先生和副主席孙夫人说的，"承清季朴学之绪余，奠现代文坛之础石"，又说鲁迅先生的全部工作可"唤醒国魂，砥砺士气"，是很正确的评论。

一九三六年十月十九日上午五时二十五分，鲁迅先生逝世，享年五十六岁。

现在开演的是本剧第四幕，表现鲁迅先生在他多病的晚年，仍然忍受着商人和市侩的进攻，这种进攻从来没有和缓过，或停止过。鲁迅先生的一生，就在这种境遇之下过去的。但现在他倒在了地上，在他殡葬的时候，却有了千万的群众追随着他，继承着他，并且亲手在先生的桐棺上献奉了一面旗子，上面题着"民族魂"。

一九三三年二月十七日，鲁迅先生在一个朋友的私宅欢迎外国朋友。（鲁迅先生递抗议书和欢迎外国朋友在时间的顺序上是倒置了，这是为了戏剧效果而这样处理的，请诸位注意，并且予以原谅。作者特别声明。）

第四幕　表　演

　　舞台开幕后，背景是一片大白纸，有一边堆着一个四方的包书纸的大包，白纸的下边还躺着一个白色僵尸，其他什么也没有。

　　大白纸幕中间，偏右画着希特勒法西斯蒂暴行的一张不太大的画。

　　幕开后哑场片刻，舞台上出现有很大的横幅旗帜，上面写着"自由大同盟"五个字，缓缓前进，纸幕上映出群众行列的影子。哑场片刻。

　　鲁迅手持对法西斯蒂暴行的抗议书。

　　将纸壁上的法西斯蒂暴行的画面用手猛烈一扯，扯落地上。

　　舞台一端风起，将纸吹走。

　　画面扯去纸壁成一方洞，里面露一希特勒式的人头，方洞上面写着德国领事馆字样。

　　鲁迅把抗议书交给那个人。

　　纸壁上方洞已闭，什么也没有了。

　　大风吹舞鲁迅衣裤而下。哑声片刻。

那个白纸箱撞破了，钻出一个卖书小贩和几十本书，书特别大，比真书要大两倍以上。小贩戴鸭舌帽、窄短衣、长裤，肩上挂着一个大口袋是装钱的，里边钱已满了，钱票子就流出来了。

用鸭舌帽擦脸上汗水，取出笔来，在白幕上写了八个大字："零割出让，价钱公道"。

写完了，想想，又写了"大文豪"三个大字。想想又写了"快快买啊"四个字。这两行是交叉形的歪斜地写着的，接续在八个大字的底下。

小贩清理好摊子，正式地出卖鲁迅的作品，大展买卖伎俩。小贩高兴过度，跌在白色的僵尸上，僵尸坐起，但动作直强，仍是僵尸的动作。僵尸是个老爷模样的人，戴着礼帽，穿着黑色马褂，两袖袖口很瘦，褪色袍子，戴石墨眼镜，留着中国的胡子，足上穿着布底鞋子，从东边用八字步走到舞台中央。

一个洋场少爷，穿着笔挺的西装，皮鞋，分发，从西边踌躇志满地走上来，和绅士热烈地握手。

小贩看见买主来了，向他们兜售。老爷非常鄙夷，不要买。少爷鄙夷，不要买。小贩虽然失望，但仍力辩这书值得一买。少爷看这书还没有他口袋里的那本书好，他从身上掏出一本来，书上画着一个三角△，一颗红色的心上穿着一颗箭。

小贩用笔在纸幕"大文豪"三字上加一"伟"字。

少爷看了仍不起劲，仍然不买。小贩擦汗，诅咒，为自己的生意而生气。

老爷表示书中那一套没什么道理，还不如他肚子里的那一套。少爷表示书中那一套没什么道理，还不如他肚子里的那一套。小贩追问他们那一套是什么呢？少爷主张表演给他们看，老爷认为没有必要。少爷认为那样会被轻视。老爷想演演又何妨。于是两人演了一套双簧。

不一会儿死人捉住了活人。

老爷在后，少爷在前，站了一会，老爷在前，少爷在后，又站了一会，研究了半天，揖让了半天，决定少爷在前，老爷在后。这时两人贴着站着，舞台上只见少爷，不见老爷。老爷把自己的帽子取下，戴在少爷的头上。

这时少爷用手臂向后伸出，将两臂勾在老爷身上，老爷把两手伸到前面成了少爷的左右手，两个人合为一人，青年人用老年人的手行动。两个人成为一个人了，但是一举手一投足之间，都感到非常和谐，俨如一人。

他们按照下面的进程表演：用手搔头，托腮，打自己嘴巴，挖嘴唇；用手弹头顶，擦鼻子尖上的汗；用手挖眼屎，耳腔；从口袋里取出小镜子，东照照，西照照，顾盼自如；从口袋里取出牙签剔牙；从口袋里取出长烟管来吸，取出火柴来划；从口袋里取出电话号码做出打电话的样子；从口袋里取出酒杯、酒瓶来饮酒，颇为自得。忽然从一边传来一道强烈的光线，晃花了他的眼，他把眼用手遮起来向外看……他看见了什么，吓了一大跳，酒杯、酒瓶迸然落地。

他俩分开了，各自狼狈遁去。

青年数人来买鲁迅的作品。有的围着翻看，小贩劈手夺之，令其出钱，才可以买。

小贩手里拿着一两本书，夸着说好，伸手与人讲价，青年围拢得更多了，他更起劲。

一个青年肋下各挟一只面包，两手拱着，口里正吃一块面包。吃完了面包，肋下各挟一本鲁迅作品，眼前摊着一本，边走边看，下。

四个青年联合来偷书，自第一个从胯下传到第二个，再传到第三个，到第四个手中转身扬长而去。

青年手抱了很多鲁迅的作品，一个个走了。

舞台另外一边，一个旅馆伙计，正穿着卖巧克力糖的服装，摊开纸片的原来割开的一个方格子的门洞走出，用笔写着电梯两个字，又按着可以开关的格子大小画成电梯的门。

伙计站在门口，一个大块头和一个漂亮小姐都来这儿乘电梯。

伙计伺候他们非常周到。

一个送报的来乘电梯，逼之使去。

鲁迅由舞台另一端走来，看了卖书的一眼，小贩看他买不起，转过脸去，不搭理他。

鲁迅来赶乘电梯，伙计看他穿着不好，连忙把"此梯奉令停止"的牌子挂出来，挥手让他往后门侍役通行的地方走上去。看他走过去，又笑嘻嘻地把牌子摘下来。

小贩一会儿工夫已经把书卖完，正在数点钱票子。

鲁迅和一个外国朋友从电梯里并肩走下来，开电梯的还是那个伙计，看了大惭。

小贩把钱藏起，用手扯掉白纸幕，然后来乘电梯。伙计看他来，用手也一把将电梯扯掉。这时小贩扯掉白纸幕表示收摊了，开电梯的人也帮着扯，电梯也收了。二人下场。

白色纸幕扯掉后，里面露出一个很大的花园，园门上写着"博爱"两个大字，后面立着一个很大的、很高的、微笑的萧伯纳的全身像，应该用薄木板或原马粪纸作；另一边是高尔基把大钢笔像投枪似的举起的像，比萧站得远一点儿（两张像是可以省去的）。

哑场片刻。有青年八人，穿着有的像学生，有的像工人，有的像农夫，有的像商人，还有的像兵士，也有妇女，左手夹着鲁迅先生的作品，右手执旗，旗上面写着：（一）"全国一致对日"，（二）"血债必须用同物偿还"，（三）"抗日反对汉奸"，（四）"设法增长国民的实力，永远这样干下去"，（五）"不怕的人前面才有路"，（六）"一面清结内账，一面开辟新路"，（七）"共同拒抗，改革，奋斗三十年，不够再一代二代……"，（八）"在这可诅咒的地方，击退了可诅咒的时代"（标语都是由鲁迅先生作品里摘录下来的）。

青年们在园门前绕行三周。

有白鸽四五只飞起。

花瓣飞舞地落下来。

鲁迅和他的朋友从园子里缓缓地走过去。

舞台上映照出鲁迅伟大的背影，久久不动。

灯光渐渐低下去。舞台上现出一面红绒黑字的大旗，上面写着"民族魂"三个大字。

旗一直在光辉着。

（幕渐渐地落下去了）

附记：

电梯可用以下方法制作

在白纸背后用黑色厚纸或木片扎成井字形和普通电梯门一般宽，上边系了小型电灯，随时拉上拉下，在白纸幕外，看起来与电梯相似。

附　录

鲁迅先生一生，所涉至广，想用一个戏剧的形式来描写是很困难的一件事，尤其用不能讲话的哑剧。

所以这里我取的处理的态度，是用鲁迅先生的冷静、沉定，来和他周遭世界的鬼祟、跳嚣作个对比。

这里也许只做了个简单的象征，为了演出者不能用口来传达，只能做手语，所以这形式就决定了内容，这是要请读者或观者诸君原谅的。

为了演出的方便，在舞台设备不充分的地方有许多地方可以略去不演，作者已在脚本上分别注出。

至于道具和布景，可以从简，不必按照脚本上那样繁复。

第一幕押当的柜台可用布幕或纸糊成皆可。下马石可用碎布或纸片缀成。抱柱用纸糊成，如在野地上演出，地上可乱置稻草，人物可由草下钻出，这种出场方法，是借重了闹剧的手法，使观众不至瞌睡而已。

第二幕试验仪器用品，试验管可用苇管扎成，下置普通的大茶杯玻璃瓶就可以了。地毯就用一块灰布就行了。

幻灯如不能借到，可用白纸绘以漫画代之，在开幕时用和背景同色的布幔遮住，旋将布幔拉起，露出绘画即变成另外一张画了，如在灯光方便的地方，同时在画显现时映之，效果和幻灯是一样的。

第三幕的电梯，在白纸背后用黑色厚纸片或木片扎成井字格的有普通电梯门一般阔的架子，上边再系上一个小型灯光，随时拉上拉下。载人时，放上一个黑色人影，在纸幕外面来看，便和电梯相似。如在露天演出，便用墨笔在白纸上画出格子来即可。

电梯格子拿下时便可做花园的门。萧伯纳、高尔基像可以布幕绘之或者去。

第四幕死人捉住了活人那一大段从出场至落场皆可省去不演。

有如青杏般的滋味
——读《萧红自集诗稿》

远 人

一

　　面对中外文学史上那些有名有姓的早逝天才，后人总会情不自禁地展开想象。最不能避开的一点是，如果他（她）能活到晚年，还会给我们留下什么样的作品？譬如萧红，在三十一岁的创作盛年辞世，无法不令人在惋惜中猜测，如果她一直活着，会有超越《呼兰河传》的作品问世吗？如果她活到 1949 年之后，又会是什么样的命运呢？如果她继续一部接一部地推出新著，是否能超越张爱玲今时今日的地位呢？所有这些构想都不可能存在，我们面对的只是一个事实，那就是 1942 年 1 月 22 日上午，不知那天是否风狂雨骤，对当时的中国文坛来说，萧红病逝于香港的消息确是一场始料不及的袭人风雨。

早逝使萧红的生命戛然停止在《呼兰河传》的连载刚刚结束一年零一个月之后。尽管在这部长篇绝笔问世之前，当时文坛执牛耳者，如鲁迅、茅盾、胡风等人对她的小说，尤其《生死场》给予了颇高评价，在今天的读者界，萧红还是未必能与张爱玲的大名抗衡。不过，喜爱萧红的读者仍如青草蔓延，永远生发，永远存在，更令人——譬如我，想不到的是，以小说名扬文坛的萧红，竟然为后人留下了不少诗歌。当我在好几个夜晚，连续阅读萧红那些布满百年痕迹的诗篇之时，不禁惊讶她始终未被重视的诗歌才华。

二

在中国新诗将逾百年的今天，不可能不使人回望它的起点。众所周知，1920 年胡适出版了中国历史上第一部新诗集《尝试集》。当时立受争议的胡适也不一定能料到，自己的"尝试"为中国诗歌揭开了全新而延续至今的一页。胡适的新诗成就是另外的话题。当他彻底释放语言的束缚之后，立刻吸引了无数后来者的奋勇开拓。在《尝试集》出版七年之后，年仅十七岁的萧红在当时就读的哈尔滨市东省特别区区立第一女子中学（现为哈尔滨市萧红中学）校刊上发表了自己初试莺啼的抒情短诗。从这里来看，萧红也像无数后来以小说获取声望的作家，如海明威等人一样，是以诗歌踏上自己的文学之途的。

　　不过，从萧红的传记来看，那些稚嫩的习作并没有使萧红下定要做一名作家的志愿。当她在后来成为小说家时，诗歌似乎没再频繁进入她"面对人的生存层面"来进行的写作。只是，那些伴随她人生的诗歌仍时不时在她笔尖下绽开。对一个写作者来说，尤其对一个尝试过诗歌的写作者来说，持续为诗，是极为正常之事。当我们比较萧红的诗歌和小说之时，会觉得诗歌于她，更是心灵的慰藉，也更是来自她内心深处的情感迸发。它们与她的小说绝不相同。在萧红那里，小说有更广阔的视野，有更值得她抒发的时代阵痛，有她更重视的"为人类而写作"的使命承担。新诗在她身上，更多的是反映自己隐秘的情感叶片。当我们在今天面对这些叶片时，会发现它们对于萧红的生命之树是不可缺少的补充和存在。即便一个世界级的文学巨匠，也多有私人的情感吐露，何况像萧红这样历尽沧桑的女性！

要认识萧红，我们不能不读她留下的诗歌。

三

作为一个关注时代的作家，萧红将自己的全部才华倾注在小说当中。当她偶尔暂停小说之笔，将注视时代的双眼注视自己的生活和情感领域之时，诗歌就自然而然地诞生。譬如那首只短短四行的《栽花》："你美丽的栽花的姑娘，弄得两手污泥不嫌脏吗；任凭你怎样的栽，也怕栽不出一株相思的树来。"

这首诗的确令人惊讶。我们不清楚萧红是不是描写自己对某个生活场景的亲见，也不清楚她是不是在《红楼梦》的阅读中拾取突如其来的灵感，就这首诗本身来说，丝毫不弱于今日诗人写下的短小佳作。尤其和胡适"尝试"的新诗相比，萧红的诗歌已往前跨出了很沉稳的一大步。不论诗句的裁剪，还是语言的从容，都显示了萧红对诗歌文体的驾轻就熟。在今天来读，依然有令人怦然心动的感染力，这是萧红才华的另一种体现。短短四行，令人在阅读之后，忍不住心生怜惜之感。诗歌要求的画面感和呈现力都在这四行中得到完整的体现，甚至，这四行中还包含一个小小的叙事，它保证了诗歌往前不断推动和展开。对萧

有如青杏般的滋味

红这样的文学大家来说，她知道一首诗歌该在什么地方开始，又该在什么地方结束。无论中外诗歌，讲究的都是不缺余韵，这首诗完整地体现出这点。而且，该诗也更像是作者个人的情感侧面反映——任由叹息从胸口迸发，然后轻烟般散去，读者在诗歌唤起的情绪中却难以自拔。

萧红诗歌的抒情性不仅表现在这样的场景当中，也表现在近似自言自语的独白中，那首只有两行的《公园》令人回味再三，"树大人小，秋心沁透人心了"。这是非常奇妙的感受，也是只有诗人才能表达出的感受。说诗人的感受总有些独特，就在于诗人总是将自然物对应自己的内心触动。短短两行，让我们瞬间体会到萧红难以言状的内心世界。一句"秋心沁透人心"，就将作者的复杂心绪展现无遗。秋天容易使诗人感伤，秋天处处都是凋零，人的情感和秋天发生对应之时，易让诗人感受人生的种种波折感和年华流逝的怅惘。与秋天的大自然缺失感应的人，很难成为诗人。当我们将这首浓缩写秋意的《公园》和她另一首《春曲》进行对比之时，更会发现萧红在不同季节里的不同思绪。而且，《春曲》是萧红直接写给萧军的诗歌，因而，更能让我们体会到萧红内心情感的翻涌。

该诗的首节是因为春天的到来而使人备受鼓舞的振奋和昂扬，"那边清溪唱着，这边树叶绿了"，这是季节给予一个诗人的直接影响。随着诗句的展开，萧红的心情也慢慢变得复杂和明亮。这种复杂不同于秋天带来的萧瑟，似乎春天对一年的起始意味也在萧红那里形成情感的起始，"三郎，我并不是残忍，只喜欢看你立起来又坐下，坐下又立起，这其间，正有说不出的风月"。这种直抒胸臆的诗行，让我们看到她与萧军间恋情的侧面，尤其对"残忍"的自认，也让我们触摸到萧红在生活中的种种体验和今天研究者们熟悉的各种逸闻。我们容易发现，在这首诗中展现的，和她在小说中展现的很不相同，写小说的萧红有强大的自我，在诗歌中时，则成为满腹柔情的女人。诗歌本身要求的真挚，使萧红完全服从了诗歌本身的要求。诗歌的一切可以虚构，唯独情感不能虚构，否则写下的就不能叫作诗歌。像是透彻地理解到诗歌蕴含的情感私密性，萧红发表小说时，使用的是自己常用笔名"萧红"（其本名张廼莹），到偶然发表诗歌时，又署上大众陌生的"悄吟"这一笔名。似乎她在提笔写下诗歌时就知道，自己的这些分行文字不过是独自吟诵给自己的篇章，不需要太多读者，也不需要太多人关注。这也恰好吻合诗歌要求出自诗人真实内心的绝对前提。

四

对任何一个诗人来说，伤春悲秋都不足以构成全部的写作题材。诗歌是情感的产物，也是时代的产物。对萧红这样经历跌宕的人来说，她可以将生活的诸般感受分配在小说中的男女身上，在诗歌中，个人的情感却只能由个人咀嚼，时代的感受也只能由个人承受。我很喜欢她那首《八月天》，这首诗展现的不只是季节，更多的还有人在时代中的感受。萧红在生前极少发诗，却很难得地将这首公开发表，似乎证明萧红对这首诗也有所偏爱。

诗歌的结构十分完整，形式上也没有像徐志摩、闻一多那样追求格律和整饬感。形式上放弃整饬，就意味诗歌对诗人的控制力提出了更高的要求。就这首诗来看，萧红的诗歌段落是由场景的分布和情感的起伏构成。除了出现的"我"与"你"外，还有用作情感载体的牵牛花。萧红对诗歌的理解和完成，根本不像新诗还处于它的起步阶段。即便这首诗在今天出现，也依然是一首打动人心的佳作。"你以为我是魔鬼么？你以为我是小姐么？我不是谁家的小姐，我穿着与你同样褴褛的衣裳。"这种异常朴素的表达，显示了萧红对语言的驾驭和把握。她的诗歌不同于声名赫赫的"新月派",后者的遣词造句无不经过精心选择,甚至还或多或少地有种语言姿态。萧红的诗歌看不到任何语言姿态,有的只是简洁和平凡,刻意地修饰在她的诗歌中找不到痕迹。她的力量又恰恰从最简单的字句中得以涌现,甚至,这首诗的结尾也给人绵长的回味,"我走进屋来,为什么眼泪流呢?落满了襟袖。八月天过了,为什么牵牛花永不落呢?"这些令人屏息凝神的问句,体现了萧红对诗歌句式的自如掌握,也反映了萧红一言难尽的心理。

从诗的主题来看,诗中的"你"是一个父亲"死在工厂"的孤独者。这是萧红看似抒发情感,实则跳出情感,将生活置入诗歌的证明,也体现了萧红的诗歌不仅仅是关注自己的内心世界,像她的小说一样,萧红在这里将笔尖指向了更为广阔的外部,指向了她所处的时代。她将父亲"死在工厂"的"你"和"我"紧密勾连在一起,也就是将不同的社会阶层勾连在一起,它成为萧红一贯提出的"超阶级的"写作的证明。一个真正作家的宣言从来不是停留在某种需要姿态的时刻,而是时时以写作本身来给予印证。至少,这首诗让我们发现,萧红穿梭在个人和时代的双重内在,让我们进而看到萧红诗歌被情感遮蔽的真正价值。

有如青杏般的滋味

五

　　泰戈尔 1924 年的访华引起中国文艺界的轰动，也再次掀起泰戈尔作品的阅读热潮。在此之前，冰心就创作并出版了师承这位印度巨匠的诗集《繁星·春水》。这一写作方式虽被梁实秋诟病为"一种最易偷懒的诗体，一种最不该流为风尚的诗体"，它却在事实上奠定了冰心延续至今的文学地位，也吸引了众多诗人的眼光。萧红在 1936 年底至 1937 年 1 月初也一鼓作气地创作了一部由三十七首短诗组成的《沙粒》。这是萧红最长的一部组诗，是她最令人体会其思想深度的一部组诗，也是在今天来看，依然没有在时光里褪色的一部组诗。

　　不用悉心打量也能发现，这组诗和冰心的《繁星·春水》极为不同。冰心的诗歌更倾向于柔美和独属女性的细腻情感生发，处处散发出温柔和确如繁星般的迷人光泽，在很多青年读者那里，还能形成一种人生的情感指南。而更进入生活，也更被生活打磨的萧红则将诗笔指向了生活带给她的认识。如果说，冰心的诗歌是看到和刻画出生活最美的一面，那么萧红则是看到生活最现实乃至最残酷的一面，也是她用自己的人生勇敢承担起的一面。构成《沙粒》的三十七首短诗，每首都由萧红从生活的深处捕捉，然后用诗句将看到和感受的一切还原成生活本来的样子。萧红的创作手法成熟到让人看不到她的女性身份。跨越性别的写作极其艰难，对写作者来说，要么从语言上跨越，要么从思想上跨越，无论哪一种，都在萧红这里得到淋漓尽致的体现。

　　组诗的第一首就像她早年的《栽花》一样，只短短四行："七月里长起来的野菜，八月里开花了；我伤感它们的命运，我赞叹它们的勇敢。"行数相同，不等于内涵相同。那首《栽花》能让每一个读者看出作者身为女性的情感纠缠，到《沙粒》的首节四行中，读者看到的，已是一颗沐风栉雨的心灵在以看透人世的目光面对一切，尽管"伤感"，但依然"赞叹"。没有开阔的胸襟，就发不出这一声"赞叹"。组诗的第二节更令人惊讶："我爱钟楼上的铜铃，我也爱屋檐上的麻雀，因为从孩童时代它们就是我的小歌手啊！"这里的短短三行，萧红几乎是娴熟运用现代派诗歌要求的呈现手法，让读者看到"钟楼"、看到"铜铃"、看到"屋檐"、看到"麻雀"，最后看到作者的"童年"。诗歌的令人惊叹之处，就在于萧红将自己的情感在释放中进行了收束，在语言中也做到了不易做到的节制。到第三节时，不知当时的读者如何评论，对今天的诗人来说，会不觉感到震惊，"我的窗前结着两个蛛网，蜘蛛晚餐的时候，也正是我晚餐的时候"。萧红的语言在这里抵达了完全的现代，表现手法也到了彻底的呈现地步。读者在诗句中看不到作者的任何情感流露，只是面对某个真实的生活场景。以纯客观的手法刻画场景是现代派诗歌的核心手法，萧红在这里做到的，今天的诗人们也不一定能做到，更不一定能做得如此彻底。萧红对诗歌的现代性理解在整部组诗中得以全部地展开，也得以随心所欲地运用，譬如后面两行写到的，"偶然一开窗子，看到了檐头的圆月"，读者的确能触摸到作者的情感打开，在语言表面，又在客观中无法看到作者对情感的直接描写。越是呈现，就越是驱赶着诗歌来到现代。就从这组诗来看，萧红的诗歌认识，在民国年间的全部诗人中堪为最前之列。我们今天认真再读时，依旧不能不感到意外和惊讶。也许，我们以为的现代，在萧红手上就已得到极为有效的完成。

这组诗还让我们注意到，萧红已经超越了一般女性的写作局限，进入到冷静带来的开阔，也进入到她跨越性别而写的生活体会之中，"朋友和敌人我都一样的崇敬，因为在我的灵魂上他们都画过条纹"，这是与哲理接近，又不能说是哲理的一节。非大家手笔，写不出这样的诗句，萧红压缩在这两行的，是自己的全部人生，也是自己最终从生活中认识到，人应成为什么样的人，才配得上"人"这一称谓。能说出对"敌人"也"崇敬"的人，才是将"人"字进行大写的人。不只女性，连一般男性也很难写出这样的诗句，也很难达到这样的境界。诗歌终归是展现境界的艺术。萧红将自己的境界来源也在另一节和盘托出："我的胸中积满了沙石，因此我所想望着的：只是旷野、高天和飞鸟。"当我们在今天看到这样的诗句时，能感受到萧红在沧桑之后的生命体认——不是人的生命让她眷恋不已，而是专属时空的永恒之物才吸引了她的目光。没有这一眼光和胸襟，萧红也不可能在生命的最后写出《呼兰河传》这样的不朽力作。这组诗的压卷三行也让人一咏三叹，"眼泪对于我，从前是可耻的，而现在是宝贵的"，既可以说这是萧红的自我认识，更可以说这是萧红在人世历遍之后，意识到人的情感对人生的重要。没有人说情感对人生不重要，但将重要的程度体会到如萧红这样的境地却十分罕见。越罕见，我们才越能领会到萧红的人生经历怎样的复杂，她又从复杂中如何坚定地坚持自己。人的"眼泪"始终都有，如何认识它，不是每个常人都能来到萧红所展现的深处。

六

　　谈起萧红，免不了要谈及鲁迅。众所周知，萧红与萧军在 1934 年 11 月携手到上海之后，便经常到鲁迅家做客。鲁迅对二人的欣赏使他由衷认为"左翼文学一下子多了两个实力作家"。鲁迅两年后逝世时，萧红正在日本，撰写了《海外的悲悼》一文来纪念对自己帮助颇多的大家。1937 年 1 月回国后，萧红前往上海万国公墓拜谒鲁迅先生之墓。同年 4 月 23 日，《大公报》副刊《文艺》上刊出了署名"萧红"的《拜墓》一诗。在萧红的全部诗歌中，这首诗格外引人注目，不仅仅源于诗是为鲁迅而写，就诗歌本身来看，也堪为出类拔萃的悼亡佳作。

　　就实质而言，诗歌是没有哪个领域不可进入的文体。少有人写的领域容易写出新意，太多人写过的题材反而不易写好。悼亡诗自古便层出不穷，要再写出新意，极为艰难，尤其像鲁迅这样的巨匠，为其哀悼而提笔的不计其数。萧红为鲁迅写诗，是情感的需要，在完成上也会不自觉地接受诗歌本身提出的新意要求。能够看出，萧红写这首诗不是为了追求什么诗歌上的新意，她是因为有话要说才提起笔来。只是，对诗歌的理解，才使她将这首悼亡诗写成真正属于诗歌的作品而不是简单地抒发情感了事。

也许，在萧红的一生中，诗歌始终没有成为她的写作重心。但作为写作的重要组成，萧红已经从写作本身的过程中获得了丰富的经验，这让她认识到什么样的诗歌才算是诗歌。萧红这首诗避开了情感的宣泄——这恰恰是悼亡诗最易敞开的领域。从诗歌的首行开始，萧红就忠于自我的环境和身入现场的感受，以朴实的笔触为读者敞开她当时的所作所为。她写到"那天是个半阴的天气"，在读者眼里就是当天的真实体现，她写到"在你墓边竖了一株小小的花草"，在读者眼里就看到萧红当时的行为。这不仅是诗歌，也是所有写作文体要求的现场呈现，萧红没有用夸张和煽情的语言来写作这首诗歌，如实地写，朴素地写，除此之外，写作的要求也只会从现场生发。萧红的生发同样朴素，"你的死，总觉得是带走了正义，虽然正义并不能被人带走"，我们看到，萧红在这些看似简单的句子中，将生活的悖论不动声色地植入了诗歌当中。不论诗歌还是其他文体，能写出悖论就说明作者对生活和人有太多的了解。这些句子来源于她对鲁迅及生活的深刻认识。句子本身可以不深刻，但内涵的表达一定得深刻，这就是诗歌自身提出的要求。萧红在这里以朴实无华的语言冷静地说出，既体现了她对语言的控制，也体现了她对情感的控制。控制

137

有如青杏般的滋味

需要作者的自身力度，所以，萧红在控制中始终知道，她还必须将认识与场景结合起来，所以诗歌的最后才会出现"我不敢去问那石匠，将来他为着你将刻成怎样的碑文？"。

总说同时代人看不清同时代人。鲁迅的生前遭遇和身后毁誉至今都无法说尽。在萧红那里，鲁迅是不折不扣的师长，她与鲁迅接触频繁，应该非常了解鲁迅，但她最后能说的却是不知如何为先生刻立碑文。今人说鲁迅复杂，是因为有漫长的时间和无数的资料发掘来一步步提供证明，而萧红对鲁迅的了解和看法不需要后人那么长的时间。在鲁迅生前，鲁迅未必得到同时代人众口一词的好评，但她依然能感觉到鲁迅的磅礴，这是萧红对人与事的非凡体认，也是她本身在后人眼里成为值得研究的复杂彰显。复杂的人物来自复杂的人生，不难体会，经历复杂也差不多是在经历痛苦。萧红对痛苦的定义同样在她的诗中有所指认，"我生活的痛苦，真是有如青杏般的滋味！"当我们阅读一首首萧红留下的为数不多的诗歌时，真的会发现，那些饱含她生命历程和情感历程的诗句，无不像一枚枚青杏，令人在咀嚼中感到难以言说，又忍不住百感交集。

2019 年 5 月 28 日至 5 月 30 日

萧红生平事略

■ 蒋亚林

1911 年

6月1日（阴历五月初五，端午节），萧红出生于黑龙江省呼兰县（现哈尔滨市呼兰区）一个地主家庭。姓张，乳名荣华，学名张秀环。

萧红祖籍山东东昌府莘县长兴社十甲梁丕营村，今为山东省聊城市莘县董杜庄镇梁丕营村。乾隆年间，其先人张岱闯关东至关内，开始了其家族在东北的新的发展史。

1916 年

萧红外祖父将萧红的学名"张秀环"改为"张廼莹"。

1917 年

萧红祖母去世，萧红的祖父开始了对萧红的文学启蒙。

1919 年

萧红母亲姜玉兰不幸染上霍乱，医治无效去世。是年，萧红九岁。

年底，萧红父亲张廷举续弦，娶梁亚兰为妻，为萧红的继母。

1920 年

秋，萧红进入呼兰区第二小学（现为萧红小学）女生部学习（学制四年）。是年，萧红十岁。

1924—1926 年

读高小（学制二年）。

1924 年秋，萧红入北关初高两级小学校女生部，读高小一年级。

1925 年秋，萧红转入呼兰县第一女子初高两级小学校（在今呼兰县第一中学院内），插班读高小二年级。

1926 年夏，高小毕业。萧红想去哈尔滨读中学，遭到来自父亲和继母的强烈反对，萧红没有因此放弃要读书的愿望，开始与父亲、继母冷战，进行抗争。

1927 年

夏，萧红父亲张廷举同意萧红继续读书。

秋，萧红进入哈尔滨东省特别区区立第一女子中学（简称"东特女中"，或"哈尔滨女中"）读初中，学制三年。二十岁初中毕业。此校系"从德女子中学"的前身，现为"萧红中学"，在今邮政街 130 号。

1929 年

1 月初，由萧红六叔张廷献做媒，父亲给萧红定亲，未婚夫为汪恩甲。

6 月初，萧红祖父去世，萧红从此失去了世界上最关心、最爱护她的人。

1930 年

夏，萧红初中毕业。萧红想去北平读高中，而父亲和继母希望萧红与汪恩甲完婚，不赞成萧红去北京读高中，萧红决定为了求学抗婚。

7月，为了抗婚求学，萧红与表哥陆哲舜逃到北平，就读于北平大学女子师范学院附属女子中学。历时半年。

1931 年

1月，因为陆家断绝了陆哲舜的经济来源，走投无路的萧红与陆哲舜双双败回呼兰。

4月上旬，萧红父亲将萧红软禁于阿城县福昌号屯。历时七个月。

10月4日，萧红坐大白菜车逃离阿城县。

11月，萧红开始在哈尔滨街头流浪，过起了颠沛流离、朝不保夕的生活。后与汪恩甲在东兴顺旅馆同居。

12月，萧红怀孕。

1932 年

3月，萧红离开汪恩甲，独自再赴北平。

3月末，萧红与汪恩甲同回哈尔滨，再次入住东兴顺旅馆。

春，萧红创作了《可纪念的枫叶》、《偶然想起》、《静》、《栽花》、《公园》、《春曲》（组诗）等诗歌作品。

5月，汪恩甲离开东兴顺旅馆，被家庭扣下。

6月，因欠东兴顺旅馆食宿费，萧红被旅馆扣下，而且很有可能被卖到低等的妓院。

7月，萧红给《国际协报》副刊主编裴馨园投书求援，裴馨园对萧红施以援手，展开救助。萧军因裴馨园之托去东兴顺旅馆探望萧红，两人一见钟情，萧红爱上萧军。萧红创作了《幻觉》一诗，此诗首刊于1934年的《国际协报》副刊《国际公园》，署名为悄吟。

8月，萧红生下一名女婴，并立即把女婴送人。

9月，萧红与萧军入住欧罗巴旅馆（今尚志大街150号）。后又搬到商市街25号（今红霞街25号）一座半地下的小屋，开始正式夫妻生活。

1933年

3月，萧红开始尝试文学创作，发表小说处女作《弃儿》。之后，陆续创作了短篇小说《看风筝》《腿上的绷带》《太太与西瓜》《两个青蛙》《哑老人》《夜风》《叶子》《清晨的马路上》《渺茫中》，散文《小黑狗》《烦扰的一日》《破落之街》，诗歌《八月天》等作品。

10月，萧红与萧军合出小说、散文集《跋涉》，引起了文坛的注意，萧红、萧军因此被誉为"黑暗现实中两颗闪闪发亮的明星"，并由此奠定了萧红、萧军二人在东北文坛的地位。

12 月,《跋涉》遭查禁,萧红、萧军在哈尔滨举步维艰,二人计划离开哈尔滨,另谋出路。

1934 年

2 月,萧红创作了短篇小说《离去》。

3 月,萧红创作了短篇小说《患难中》《出嫁》,创作了散文《蹲在洋车上》。

4 月,萧红以悄吟为笔名,在哈尔滨《国际协报》副刊发表《生死场》(原名《麦场》)的前两章。

6 月,萧红与萧军流亡到青岛。此次离开哈尔滨成为永别,直到八年后花落异乡,萧红再也没有回来过。

9 月,萧红完成《生死场》后七章。

10 月,萧红与萧军一同给鲁迅写信,并得到鲁迅的回信,由此与鲁迅开始了书信的往来。

11 月初,萧红与萧军双双来到上海。

11 月底,萧红见到鲁迅,并得到鲁迅的赏识,从此和鲁迅、许广平一家开始交往,并建立起深厚的感情。

12 月,萧红、萧军接到鲁迅的邀请赴宴,并结识了茅盾等文学大家。

1935 年

1 月，萧红创作了散文《小六》。

2 月，萧红创作了散文《过夜》。

5 月，萧红完成回忆性散文集《商市街》。

6 月，萧红创作了散文《三个无聊人》。

11 月，鲁迅为萧红的《生死场》作序。

12 月，经鲁迅校阅、编订，萧红的《生死场》作为鲁迅主编的"奴隶丛书"之一，由容光书局出版，笔名萧红。

冬，萧红创作了散文《初冬》。

1936 年

1 月，萧红参与编辑的《海燕》创刊，并于当日售完两千册。萧红创作的散文《访问》首刊于《海燕》的创刊号上。

3 月，在鲁迅的引见下，萧红与美国作家史沫特莱在鲁迅家相识。

4 月，萧红的短篇小说《手》首刊于《作家》第一卷第一号。

6 月，萧红在《中国文艺工作者宣言》上签名。

7 月 15 日，鲁迅为萧红赴日本饯行。

7 月 16 日，萧红带着心灵之伤，远涉重洋，只身去岛国日本。历时半年整。

9 月 18 日，萧红为纪念"九一八"事变而写的散文《长白山的血迹》，在《大沪晚报》上发表。

10 月，萧红得知鲁迅先生病逝，陷入深深的悲痛之中。

11 月，萧红的小说、散文合集《桥》出版，署名为悄吟。

12 月，萧红创作了散文《永久的憧憬和追求》。

1937 年

1 月 9 日，萧红结束了在日本的学习和生活，离开东京，准备回国。

1 月 13 日，萧红回到上海。

3 月，《沙粒》（组诗）在《文丛》第一卷第一期发表，署名为悄吟。萧红创作了悼念鲁迅先生的诗歌《拜墓》。

4 月，因与萧军冲突，萧红只身去北平（这是第三次去北平）。

5 月，萧红接到萧军来信，由北平返沪。短篇小说集《牛车上》由上海文化生活出版社出版。

6 月，萧红创作了诗歌《一粒土泥》。

夏季，在上海召开的创办抗战文艺刊物筹备会上，萧红认识了端木蕻良。

8月，萧红创作了散文《八月之日记一》《八月之日记二》《天空的点缀》《失眠之夜》《窗边》《在东京》。

9月28日，因战事危急，上海成为一座"孤岛"，萧红、萧军同上海其他文化人一起退往武汉。

10月17日，萧红创作了怀念鲁迅的散文《逝者已矣！》。该文章首刊于10月20日《大公报》第二十九号，署名为萧红。萧红创作了散文《小生命和战士》。在武汉，萧红开始了长篇小说《呼兰河传》的创作。在武汉蒋锡金家，萧红再次遇到端木蕻良。

11月，萧红创作了散文《两种感想》《一条铁路底完成》。

12月，萧红创作了散文《一九二九年底愚昧》。

1938 年

1月16日，萧红参加题为"抗战以来的文艺活动动态与展望"的座谈会。当天，萧红的《〈大地的女儿〉与〈动乱时代〉》（书评）首刊于《七月》半月刊第二集第二期。

1月27日，萧红、萧军、端木蕻良等作家离开武汉，奔赴山西临汾民族革命大学任教。

2 月，萧红到达临汾，并与丁玲相识，从此两个闻名中国的女作家建立起了深厚而又真挚的友谊。日军逼近临汾，在去留问题上，萧红、萧军出现了分歧，最终二人在临汾分手。萧红创作了散文《记鹿地夫妇》。

3 月，萧红与端木蕻良、塞克、聂绀弩等人一起创作了引起巨大轰动与反响的三幕话剧《突击》。萧红发现自己怀孕。

4 月，萧红正式与萧军分手，与端木蕻良正式确定恋爱关系。萧红参加由胡风主持的题为"现时文艺活动与《七月》"的文艺座谈会，并表达了自己的创作观。

5 月下旬，萧红与端木蕻良在汉口大同酒家举行婚礼。

8 月，萧红因逃难带着身孕独自上船，在码头被绳索绊倒。萧红创作了短篇小说《黄河》《汾河的圆月》。

9 月，萧红寓居重庆。

10 月，萧红寓作了短篇小说《孩子的演讲》《朦胧的期待》。

11 月，萧红在医院产下一名男婴，男婴于三天后不幸夭折。

12 月，接受苏联记者的采访。

1939 年

1 月，萧红创作了散文《牙粉医病法》，短篇小说《旷野的呼喊》。

春，萧红创作了散文《滑竿》《林小二》。

3 月 14 日，萧红写致许广平信《离乱中的作家书简》。

4 月，萧红与端木蕻良住重庆歌乐山。萧红创作了散文《长安寺》。

5 月，萧红创作了短篇小说《莲花池》。

6 月，萧红创作了散文《放火者》。

7 月，萧红创作了短篇小说《山下》《梧桐》。

8 月，萧红创作了散文《茶食店》。

9 月，萧红整理完成回忆性散文《鲁迅先生生活散记——为鲁迅先生三周年祭而作》。

10 月，萧红完成《回忆鲁迅先生》，开始《马伯乐》的创作。

12 月，因为战乱，萧红与端木蕻良商量决定离开重庆，前往相对安全的香港。

1940 年

1 月 19 日，萧红与端木蕻良飞抵香港。

6 月，萧红创作了散文《〈大地的女儿〉——史沫特烈作》。

7 月，《回忆鲁迅先生》由重庆妇女生活社出版。

10 月，萧红与端木蕻良共同创作哑剧《民族魂鲁迅》。

12 月，萧红创作完成长篇小说《呼兰河传》。

1941 年

1 月，长篇小说《马伯乐（第一部）》由重庆大时代书局出版，署名为萧红。

2 月，长篇小说《马伯乐（第二部）》在香港《时代批评》杂志连载，因萧红健康状况的日益恶化，小说未能完稿，连载到第九章结束。

萧红主持由"文协"香港分会等文化团体举办的欢迎史沫特莱、宋之的、夏衍、范长江等人来港的茶会。

3 月，萧红创作了短篇小说《北中国》。

5 月，史沫特莱准备回美国，并带走了萧红的一些作品，打算在美国出版萧红的作品。

8 月，萧红入住香港玛丽医院，诊断为肺结核。

9 月，萧红的《马房之夜》被美国作家译成英语，作品在美国发表。

11 月，因住三等病房，萧红受到冷遇，在于毅夫帮助下，出院回家。

1942 年

1 月 12 日，萧红入住跑马地养和医院。

1 月 13 日，萧红被误诊为喉瘤，并被医生实施了手术，手术失败，萧红的健康状况每况愈下。

1 月 18 日，玛丽医院重开业，萧红再次入住。

1 月 19 日，萧红病重，口不能言，在纸上写："我将与蓝天碧水永处，留得那半部'红楼'给别人写了……"又写："半生尽遭白眼冷遇……身先死，不甘，不甘！"

1 月 22 日，上午 10 点，萧红与世长辞，享年三十一岁。萧红死后，端木蕻良剪下萧红一缕青丝。1992 年，萧红的故乡黑龙江省呼兰县建萧红墓，墓中埋葬的就是端木蕻良剪下的这缕青丝。

1 月 24 日，萧红遗体火化。部分骨灰被葬在浅水湾丽都酒店前花坛里，后被迁葬回广州，剩余骨灰一直被安葬在香港，以供后人悼念。

编后记

萧红是 20 世纪 30 年代以来，个性和创作风格都相对突出的作家之一。由于特殊的生活经历和情感经历，加上受到鲁迅先生格外的提携和帮助，萧红一直受到了世人过多的关注和评论。她的主要作品如《生死场》《呼兰河传》等，也是图书市场上的常销书；关于她的研究书籍，市面上也不断有"新面孔"出现。新时期以来，仅我所见，就有萧凤的《萧红传》，骆宾基的《萧红小传》，萧军编著的《萧红书简辑存注释录》和《鲁迅给萧军萧红信简注释录》，庐湘的《萧军萧红外传》，美国汉学家葛浩文的《萧红评传》，钟耀群的《端木与萧红》，郭玉斌的《萧红评传》，叶君的《从异乡到异乡》，单元的《走进萧红世界》，季红真的《萧红全传》，等等多部，各种单篇文章更是数不胜数。

这些书籍和文章，从不同的角度，书写了萧红短暂而不平凡的一生，对她独具特色的作品风格也进行了概述和评论。

就我个人阅读而言，萧红也是较早进入我阅读视野的作家之一。20世纪80年代初，那时我还是一个懵懂的文学少年，在阅读《生死场》时，产生了不小的障碍，觉得她的小说故事性不强，语言怪异，枝蔓多，风景描写也多，可读性不强，多次想弃之一旁，但转念一想，既然鲁迅先生都写了序言，那一定是好小说了，算是勉强读完了。直到多年后，读过《呼兰河传》并重读了《生死场》，才感觉到萧红的了不起，才顿悟：一个作家，不管他（她）活多久，作品的量有多少，一定要建立自己的语言体系和叙事风格，要有自己清晰的面目，用现在时尚的话说，要有辨识度，也就是说，要做一个文体家，对汉语有独特的贡献，否则，必定会被淹没在浩瀚的文字当中。沈从文是这样的作家，萧红也是这样的作家。直到这时候，我才对萧红的作品有了全新的认识。为了加深对她的了解，我还刻意搜罗她的著作和与她有关的文字，后来又陆续读到她的一些小说、诗歌和散文，如作为文学丛刊之一的《商市街》等，对她的语言风格和叙事风格更加地喜欢了，对她作品的文体特征和思想内涵更加地推崇了；同时，也开始关注有关她的评论，还把《鲁迅全集》里鲁迅致萧军、萧红的信，

编后记

通读了一遍，对茅盾等人评价她的话也深以为然。

早在 2014 年，我在为中国书籍出版社选编"中国书籍文学馆·大师经典"时，就选编了《萧红精品选》，精选了她的小说、散文和诗歌共三十万字，出版后，连续加印了多次。后来又约扬州作家蒋亚林先生写了一本《从呼兰河到浅水湾——萧红传》，也由中国书籍出版社于 2015 年出版发行，在读者中产生了较大的反响，收到了较好的社会效益。

这次编辑"回望萧红"系列丛书，我们在三年前就开始启动，征求了许多专家学者的意见，书目也列了多种，经过多方面的考虑，我们选择了十种图书在前期出版，其中有萧红的代表作《生死场》（萧红中篇小说）、《呼兰河传》（萧红长篇小说）和《马伯乐》（萧红长篇小说），也有《旷野的呼喊》（萧红短篇小说选）、《红的果园》（萧红短篇小说选）和《春意挂上了树梢》（萧红散文选）。此外还把萧红写鲁迅的文章，选编成一本《亦师亦友亦如父：萧红笔下的鲁迅》。需要说明的是，在这本书中，有两篇关于鲁迅的文字没有收入，一篇是诗《拜墓》，一篇是哑剧《民族魂鲁迅》，因为这两篇文字收进了《有如青杏般的滋味：萧红诗歌戏剧选》里了。在《亦师亦友亦如父：萧红笔下的鲁迅》里，把鲁迅写给萧军、萧红的书信作为附录，也一并收入，读者通过对照阅读，可以了解鲁迅当年是如何扶持帮助他们成长为优秀作家的大致经过。此外，几年前出版的《从呼兰河到浅水湾——萧红传》，经作者同意后，也收入到这套丛书中，丰富了这套书的内容，让读者在阅读萧红作品时，对她的一生有个较详细的了解。

陈　武

2019 年 5 月 20 日匆匆于北京团结湖

编后记